ESPURNA
bromera

ESPURNA

ÚLTIMS TÍTOLS PUBLICATS

67. *L'escola secreta.* Mariano Casas
68. *El somriure del diable.* Jordi Sierra i Fabra
69. *Pell de llop.* Xosé Miranda
70. *Tres passes pel misteri.* Agustín Fernández Paz
71. *Solituds de l'Anna.* Jordi Sierra i Fabra
72. *Els silencis de Marc.* Vicent Borràs
73. *Barrots daurats.* Pasqual Alapont / Pepe Rodríguez
74. *El rastre de la pantera.* Mariano Casas
75. *Dora diu que no.* Isabel-Clara Simó
76. *L'ombra caçadora.* Suso de Toro
77. *Fi de culs a Mallolca.* Pasqual Alapont
78. *Carrer del Carbó.* Marilar Aleixandre
79. *Les confessions de Titus Burns.* Jesús Cortés
80. *La nit que Wendy va aprendre a volar.* Andreu Martín
81. *L'amenaça de les grues.* Carme Miquel
82. *Passadissos d'ombra.* Agustín Fernández Paz
83. *La frontera negra.* Silvestre Vilaplana
84. *Els focs de la memòria.* Jordi Sierra i Fabra
85. *Contra el vent.* Fina Casalderrey
86. *El diari de la Neus.* Glòria Llobet
87. *Poderosa.* Sérgio Klein
88. *Només ens queda l'amor.* Agustín Fernández Paz
89. *Wendy ataca.* Andreu Martín
90. *Pell d'escata.* Enric Lluch
91. *Qui és el de la foto?* Maria Carme Roca
92. *La violinista de París.* Joan Pla

Polígon Industrial 1 - 46600 Alzira
www.bromera.com
Disseny de la col·lecció: *Enric Solbes*
Coberta: *Carles Barrios*
Impressió: *Romanyà - Valls*

1a edició: *març, 2010*
ISBN: *978-84-9824-643-8*
DL: *B-10276-2010*

Qui és el de la foto?

Maria Carme Roca

ESPURNA
bromera

Aquesta obra va ser guanyadora del XIV Premi Bancaixa de Narrativa Juvenil, patrocinat per Bancaixa i promogut per l'Ajuntament d'Alzira. Formaven el jurat Carlos Correal, Francesc Gisbert, Manel Joan i Arinyó, Maria José Obiol i Enric Salom.

Per a la Neus Fornaguera i Solà,
que també es va preguntar qui apareixia a una foto
i em va inspirar aquesta història

Per tota la cara va sentir el seu alè, un baf gelat que li va penetrar fins els ossos...

Pu Songling
El fantasma mossegat

PRIMERA PART

1. POTTER, Hannah

La Hannah va mirar la pantalla de l'ordinador amb atenció. Amb molta atenció.

«Què dimonis era, allò?», es va preguntar mentre s'hi acostava aixecant-se involuntàriament de la cadira.

La Susan, la seva millor amiga, era dreta al seu costat observant també aquella fotografia impossible.

–Em pots explicar què és, això? –va preguntar la Hannah, neguitosa.

–Confiava que tu em diries què era! –va respondre la Susan.

–No has escollit un bon dia per prendre'm el pèl, nena! –va sentenciar llavors la Hannah, empipada.

–Ja m'agradaria, prendre't el pèl! T'asseguro que a mi no em fa cap mena de gràcia!

Les paraules de la Susan van sonar serioses i sinceres. I les dues noies es van quedar en silenci amb els ulls fixos a la pantalla, examinant *allò*.

Allò, sí.

A ull nu, un ull d'aquells plens de lleganyes de tot just quan t'aixeques en un matí primaveral d'aquells que aguditzen les al·lèrgies, o amb uns ulls de més tard, de quan penses sortir i ja t'has calçat les ulleres de sol no perquè en faci (a Londres és difícil), però que et fan sentir interessant... Doncs, a la fotografia s'hi veia una Hannah somrient, una

Hannah disposada a passar-s'ho d'allò més bé a la festa del setzè aniversari de la Susan.

Fins aquí bé, el problema era *l'element* que hi sortia retratat al seu costat. Una criatura d'uns sis o set anys, desdibuixada, de color de fum, amb les conques del ulls buides i l'expressió trista com correspon a qualsevol fantasma que es preï.

Sí, *allò* no podia ser una altra cosa que un espectre.

Era un personatge antic, no n'hi havia cap dubte. Potser hi feia però, la indumentària: uns pantalons a mitja cama, alts de cintura i amb pitet; una samarreta o camisa de màniga curta, de coll rodó i oberta pel davant amb dos botons. El més singular era el barret, de palla segurament, del qual sortien uns rínxols curts i foscos. Els peus no es veien gaire bé, quedaven difuminats, però semblava que anaven calçats amb una mena d'espardenyes.

A la festa, la Susan havia anat fent fotografies a tots els convidats així que arribaven. En petits grups, en parella, d'un per un, tots van quedar immortalitzats. Va fotografiar la Hannah en solitari ja que va aparèixer sola a la festa (a la Susan li hauria agradat que hi hagués anat acompanyada del seu germà Harold, però en Harold en qüestió, que ja tenia vint anys, passava d'elles. La Hannah en tenia un altre, de germà, un de catorze anys, en Harry, però aquest i els seus amics estaven proscrits a totes les festes que elles organitzaven).

El cas és que la Susan havia fotografiat la Hannah ben soleta, se'n recordava perfectament; no havien passat ni vint-i-quatre hores.

–Sort que et vaig demanar que sortís afavorida! –va rondinar la Hannah amb ironia.

–Dona, has quedat bastant bé...

La Hannah li va contestar amb una mirada furibunda mentre anava passant la resta de les fotografies en què, com ja havien comprovat abans, no sortia *allò* en cap lloc.

–Alguna cosa deu haver passat –argumentava la Hannah–... es deu haver sobreposat una fotografia damunt de l'altra... Potser n'hi tenies d'anteriors...

–Impossible! –va tallar la Susan–. Vaig estrenar la càmera ahir mateix i per a la festa; ja et vaig dir que me l'havien regalada els meus pares...

–Potser en vas fer alguna que no recordes...

–No ho crec, perquè estava molt pendent de qui venia i volia tenir fotos de tothom. Però el que és clar és que allà no hi havia cap nen...

–Potser no te'n vas adonar i algun veïnet tafaner es va colar i es va posar pel mig... –va dir la Hannah pensant en el que hauria fet el seu germà Harry.

–Apa! En fer la foto l'hauria vist i, de veí res, perquè a l'escala només hi ha iaios...

La Susan tenia raó. A l'escala de veïns on vivia, una finca victoriana del barri de Bloomsbury, només hi havia gent de la tercera edat, excepte ells, els Clerkenwell, una família de currículum divers, però que només n'exhibia la part vistosa i correcta.

–Una cosa... –va dir la Hannah–. Has dit que... «allà no hi havia cap nen», i... Nen? És una nena! Està claríssim!

–Nooo! És un nen, segur; un nen amb la pinta de ser un pesat...

La Susan i la Hannah van discutir llarga estona sobre el possible sexe *d'allò* fins que van acordar que, de moment, per a elles seria en Leslie, un nom que tant era masculí com femení.

–L'ha vista algú més, la foto? –va preguntar de sobte i alarmada la Hannah.

–No... Així que he posat la tarja de la càmera a l'ordinador i he vist... en Leslie, que he vingut a casa teva...

Aquella tarda de diumenge primaveral, la Susan havia sortit esperitada cap a Sussex Gardens, al barri de Bayswater on vivia la família de la Hannah.

–Promet-me que no l'ensenyaràs a ningú –va demanar la Hannah.

La Susan va fer un gest que la seva amiga coneixia prou bé. Era llaminera, aquella foto. Se'n podia treure molt de suc.

–Me n'he d'anar... –va dir la Susan en veure l'hora.

–A ensenyar el meu fantasma –va afirmar amb aire de víctima la Hannah.

–Què dius? Me n'he d'anar perquè encara he d'estudiar. Demà tenim un examen... Ah! I de fantasma *teu* res! Com a mínim, aquest fantasma és NOSTRE.

–Si us plau, Susan –va insistir la Hannah–, no diguis res encara, potser més endavant.

La Susan va fer que sí convençuda. Aquesta era la seva voluntat, però... Podria? En faria l'esforç, si més no i com deia la Hannah, de moment... L'exhibició d'en Leslie seria més sucosa si tenia més informació.

–Ens veiem demà, a classe... I no t'amoïnis que no diré res –va assegurar la Susan–. De tota manera, se'n va anar cap a casa seva delectant-se amb la idea que, més tard o més aviat, seria el centre d'atenció quan presentés en Leslie.

La Hannah no les tenia totes. Guardaria el secret, la Susan?

No es podia permetre que els amics i els companys la veiessin acompanyada d'en Leslie. Ja la consideraven bastant rareta perquè ara aparegués amb un fantasma.

Per què havia d'aparèixer just al seu costat, es preguntava mentre tornava a repassar totes les fotografies amb l'esperança de trobar ni que fos un bocinet d'en Leslie amb algú altre.

«L'examen!», va pensar de sobte. No havia estudiat i no tenia gens de ganes de fer-ho. Com es podia estudiar amb unes circumstàncies tan fantasmals? S'hauria de posar malalta. Era una idea. No. La Hannah la va descartar perquè no anar a classe implicava deixar la Susan amb total llibertat i calia controlar-la. Sabia que li ho havia dit de cor, que no diria res, però el cor de la Susan era molt voluble i en un atac d'espontaneïtat ho podia abocar tot.

«La Potter ha fet un amic!», podia sentir com comentaven tots aquells que pensaven que era massa reservada i que Susan a banda, no es feia amb ningú. I això era injust perquè eren els altres que no es feien amb ella.

La Susan, de qui era amiga des del parvulari, li deia sovint que el problema era que era massa maca, que això els tallava, que es pensaven que era una creguda i una antipàtica.

I res d'això, la Hannah era increïblement tímida i es posava vermella per no res, però de creguda no n'era gens.

No. El problema no raïa en que ella estigués bona (per a què li servia?!), sinó en l'efecte negatiu que provocava el seu germà petit, en Harry, el Harry Potter de veritat (de segur, però, que hi havia un munt de Harrys Potter per tot Anglaterra).

El seu germà, un mix entre en Harry Potter i l'Edward Cullen (pel Potter perquè tenia el mateix cognom i portava ulleres, no pels poders; i pel Cullen no perquè fos un *guaperes*, sinó per la seva actitud de vampir ja que sempre s'aprofitava de les circumstàncies i xuclava tot el que podia), en lloc d'intentar passar desapercebut com creia ella que hauria de fer, se servia del nom per cridar l'atenció.

La Hannah en canvi, sempre que coneixia algú i havia de dir el nom, s'afanyava a indicar que era parenta llunyana de la famosa escriptora i il·lustradora Helen Beatrix Potter.

Va ser un any després que hagués nascut el seu germà petit, que la senyora Rowling va decidir posar aquest nom al seu famós personatge, un nom que es veu que va treure d'uns veïns seus a Winterbourne. Ja feia anys que tothom es veia obligat a fer la gràcia:

«Deus ser parenta d'en Harry Potter, oi?», li preguntaven sovint amb aire foteta.

I la Hannah no podia dir que no, perquè en realitat sí que n'era de parenta d'en Harry ja que tenia un germà que s'hi deia. Però afegia tot seguit que el seu rebesavi patern era cosí de la Helen Beatrix, fet del qual se sentia molt cofoia.

Haver crescut envoltada d'en Peter Rabbit, de l'Squirrel Nutkin o d'en Little Pig Robinson, els personatges creats per la Potter que més agradaven a la Hannah, la hi acostaven i escurçaven la distància de cinc generacions que hi havia entre elles. Per aquest motiu i per estar aconsellada per la seva tutora, feia un treball sobre l'escriptora.

Qui millor que ella, una successora, per fer-ho?

No era directa, és clar, ja que la cèlebre escriptora no va tenir fills, però potser per això, s'hi sentia més empesa.

A la Hannah li encantava la història d'amor de la Helen Beatrix amb en Norman Warne. Els pares d'ella no la hi van deixar casar perquè en Norman havia de treballar i un home que es guanyés la vida treballant no era digne de la seva filla; quines coses.

Però ara havia de deixar de banda la cosina del seu rebesavi Harold (els Potter de la seva família tenien el costum de posar noms que comencessin per H) per ocupar-se d'en Leslie. Fins que no en treiés l'entrellat, no es quedaria tranquil·la.

Va tornar a mirar la pantalla... A la foto, al seu costat hi havia un fantasma estampat. Ni floretes, ni quadrets. Pur espectre.

La fotografia era en color, tot sortia en color excepte el fantasma, gris i difuminat. Devia ser cosa de la casa. La Hannah havia sentit explicar que les mansions antigues feien sorolls sospitosos perquè emmagatzemaven vivències, que l'energia dels difunts impregnava les parets... I la casa de la Susan tenia molts anys.

Es va esgarrifar malgrat que no hi creia, en fantasmes. Només donava fe de les fantasmades del seu germà Harry. Però aquella foto...

Va decidir trucar a la Susan. Evitaria el Messenger tant com pogués malgrat que hauria de suportar l'esbronc del seu pare per les despeses del mòbil.

–Susan... Caldria saber la història de la casa on vius... Ja ho sé que és massa típic! Però per alguna banda hem començar, no?... L'examen, l'examen!... D'acord... Demà... I no parlis més del compte, vigila què dius!

Cert. Per algun lloc havien de començar... La Susan ja tenia feina i la Hannah també volia obtenir més informació...

El soroll d'una porta que s'obria li va donar un ensurt.

No era la de la seva habitació sinó la del costat, la del seu germà Harold, que devia acabar d'arribar en aquell moment.

Les neurones de la Hannah es van activar.

Qui millor que en Harold, un geni de la fotografia, per ajudar-la?

Però això implicava que li ho havia d'explicar.

Era un risc.

Tanmateix, en Harold era de fiar.

La Hannah va gravar la carpeta de les fotografies en un *pen drive* i amb ell se'n va anar a l'encontre del germà gran. Hi havia la possibilitat que l'engegués a pastar fang. Però, com tots els Potter, en Harold era tafaner.

Perill.

Quan la Hannah va sortir de l'habitació, va sentir la remor que feien en Harry i els seus amics des de la sala d'estar. De segur que devien menjar crispetes a punta de pala mentre veien una pel·lícula d'aquelles en què no hi ha argument, només acció i cops de puny a dojo (si els seus pares haguessin estat no li ho haurien permès, però en Harry sabia quan podia *actuar*).

Sortosament, cap d'aquells adolescents impresentables (d'acord amb el criteri de la Hannah) no va fer cas del nyec de la seva porta i la noia trucà (cada germà tenia un truc convingut) la d'en Harold, que va contestar amb un «passa» malagradós.

I a dins es va esmunyir amb la tranquil·litat que en Harry estava distret.

Però això era el que creia la Hannah, perquè una de les habilitats d'en Harry era copsar tot el que passava al seu voltant. Perquè després diguessin que no tenia poders.

M'han vist!
Per fi ho he aconseguit!
Després de tant de temps d'intentar-ho,
finalment, he aconseguit personificar-me.
Em fa molta il·lusió perquè representa el primer pas
d'un objectiu que fa massa anys i panys que persegueixo...

2. POTTER, Harold

–Et vull ensenyar una cosa... –va dir la Hannah mostrant al seu germà el *pen drive.*

–Si us plau, si és alguna història relacionada amb la Susan, oblida-te'n –va avisar en Harold, tip que la Hannah el barregés amb les històries d'aquella nena que d'acord amb el seu parer era una *pija-frizy* consentida. *Pija*, pel pedigrí familiar i *frizy*[1] perquè era una adolescent friki esbojarrada.

La Hannah va pensar que no era un bon començament, perquè la Susan sí que hi estava implicada ja que havia fet la foto i a casa seva, però no el volia contradir i va desviar la cosa.

–Només serà un moment... necessito la teva opinió tècnica... –va dir amb aire grandiloqüent.

En Harold va posar cara de «Quina excusa es deu haver inventat ara, la meva germana?», però va agafar el *pen drive* que ella li oferia i el va connectar al seu ordinador.

–Obre la carpeta on posa «fotografia Leslie»... –va indicar la Hannah alegrant-se d'haver separat la fotografia

---

1. *Frizy*: Barreja entre els vocables anglesos *freak* ('monstruós'), derivat en *friki* ('estrany, obsedit'), i *crazy* ('boig').

Cal dir que els angloparlants, quan designen a algú com a friki, l'anomenen *nerd.*

de la resta. Si en Harold arriba a veure la carpeta original, «Festa Susan», li tira el *pen drive* al cap.

Mentrestant, la gata d'en Harold, l'Stinky, se li va acostar. Després de fregar la seva cama va pujar damunt la taula i es va asseure en un cantó damunt les potes del darrera, observant què feia el seu amo.

L'Stinky era una gata dòcil i pacient que fins i tot suportava les trapelleries d'en Harry. Feia vida a l'habitació d'en Harold i només en sortia per anar a menjar a la cuina i fer les necessitats en un racó que havien habilitat per a ella. Tenia un defecte, però: patia d'halitosi, una forta halitosi que deixava tombat qualsevol que tingués una mica d'olfacte. L'havien portada al veterinari, és clar. Però després d'haver passat tota mena de proves, hom va constatar que la gata tenia la dentadura en òptimes condicions, que el seu aparell digestiu era perfecte, saníssim, i que no tenia el mal costum d'alguns gats de quedar-se a dins de la boca alguna resta de menjar.

Res a fer. Havien desistit, doncs, de preocupar-se per l'alè de la gata; simplement, l'evitaven. Tots menys en Harold, que ja feia uns anys que gaudia dels efectes col·laterals de l'halitosi felina: tots plegats entraven molt menys a la seva habitació.

En Harold va obrir la carpeta i la imatge de la seva germana i companyia va aparèixer a la pantalla.

A la Hannah, a la de veritat, no a la de la pantalla, se li va posar la pell de gallina. A l'ordinador d'en Harold, en Leslie encara es veia millor.

L'Stinky va fer un badall deixant anar el seu alè fètid, com sempre, mentre semblava mirar també el fantasma, aquell ésser que els fitava a través de les seves conques buides i expressió desolada.

Mentre observava quina seria la reacció d'en Harold, la Hannah, que romania dreta al costat de la cadira on seia el seu germà, de sobte, va pensar que en Leslie li feia pena, una llàstima infinita.

En Harold es va girar cap a l'esquerra, a on era la Hannah, i la va mirar un moment –els seus ulls eren d'autèntica perplexitat– per tornar a fixar-se en la pantalla.

–Què es això, què hi ha al teu costat? –va preguntar en Harold trencant un silenci que no s'atrevia ni a trencar l'Stinky.

La Hannah va pensar que el seu germà havia tingut la mateixa reacció que ella.

–A tu què et sembla? –li va preguntar amb la intenció que corroborés la seva opinió. I la de la Susan, és clar.

–Que si m'estàs fent perdre el temps o intentant prendre el pèl...

–Harold, de veritat, no em fa cap gràcia aparèixer fotografiada al costat d'un fantasma, i si te l'he ensenyat és perquè vull que m'expliquis... Vull que em diguis que... si fotogràficament hi pot haver alguna mena de truc... Si una fotografia es pot haver sobreposat l'una a l'altra o... què sé jo... –va dir pensant en el que ja havia comentat a la Susan.

–Amb una càmera digital és impossible que se superposin dues fotografies –va afirmar en Harold–... Qui la va fer, la foto?

La Hannah temia aquesta pregunta.

–La Susan... Va ser ahir, a la festa del seu aniversari... A casa seva...

–De la teva amiga es pot esperar qualsevol cosa...

–A ella tampoc no li ha fet cap gràcia... No m'ho ha volgut passar per correu electrònic i ha vingut en persona a ensenyar-m'ho...

Llavors, la Hannah li va explicar com la Susan havia fet un munt de fotografies durant la festa i com en cap altra havia sortit en Leslie.

–Leslie?

–És un nom provisional, és clar... A tu què et sembla que és?

–Què vols dir?

–Doncs si és un fantasma nen, o un fantasma nena...

En Harold va quedar pensarós. De nou, va clavar la mirada damunt d'en Leslie, intentant esbrinar el que li preguntava la seva germana.

–Em decanto per opinar que és una nena, però no ho podria assegurar del tot, perquè em recorda moltíssim en Tom Sawyer...

–La Susan creu que és un nen... D'acord, no parlo de la Susan –va rectificar de seguida la Hannah en veure la cara de retret que feia el seu germà.

En Harold, sense apartar la mirada de la pantalla, va fer un gest amb la mà indicant a la Hannah que s'assegués a l'espona del llit.

L'Stinky va córrer a asseure's al seu costat no per companyia, sinó per demostrar que aquell llit en Harold només el compartia amb ella. De bon grat, l'Stinky hauria foragitat la Hannah, però va optar per deixar-se acaronar el llom tot arquejant l'esquena mentre estirava les potes del davant en un intent de fer una mica d'exercici, el mínim que li permetés desplaçar-se per anar a la recerca d'un bon jaç o del pinso que menjava goludament.

La Hannah va respirar alleujada. El seu germà se la prenia seriosament, si més no volia pensar això. Podia haver-los tret, al *pen drive* i a ella, i en canvi es va dedicar a manipular la fotografia. Aclaria, acostava, destacava... Va pensar que sort que tenia la còpia al disc dur perquè el que feia en Harold la feia dubtar que la foto pogués tornar després a la forma original.

De segur que sabia què es feia, però. A part de sentir passió per la fotografia, en Harold hi entenia força d'informàtica. Estudiava periodisme. Des de sempre que volia ser reporter.

–És una passada... –va dir de sobte.

–El què?

–Aquesta foto... La passada és que, és de veritat, no ha estat manipulada...

–Ja t'ho he dit –va dir empipada la Hannah–... Ningú no ha tocat res...

–La Susan et va dir que no, però jo de la *pija-frizy* no me'n fio ni un pèl. És una eixelebrada capaç de tot per cridar l'atenció...

–Aquesta vegada t'equivoques... I et passes molt amb ella, ets un exagerat...

–Has dit que va deixar la càmera uns instants en exposició, oi? –va preguntar en Harold sense fer cas de les protestes de la seva germana.

La Hannah va contestar amb una mena de remuc, no li agradava gens que quan parlava, canviessin de tema.

En Harold va continuar estudiant la fotografia entretenint-se en tots els detalls. Es va entretenir una estona en un fragment que va augmentar de mida.

–T'has fixat? –va preguntar mostrant-lo a la Hannah.

–En què?

–Que de la butxaca li surt un tros de paper... En augmentar-ho es perd qualitat d'imatge, però jo diria que hi ha dibuixos...

–També podria ser un mocador... –va contestar la Hannah observant amb atenció aquell bocí que sortia de la butxaca que el fantasma duia al pitet dels pantalons.

En Harold, sense aixecar-se de la cadira, es va retirar una mica de la taula empenyent-se amb les mans, deixant que les rodetes de la cadira llisquessin i l'acostessin a la Hannah.

Immediatament, l'Stinky es va pujar damunt la seva falda.

–Explica'm tots els detalls –va demanar el noi–, quina càmera, quina hora, qualsevol cosa que recordis... Passa per alt, això sí, el que tingui a veure personalment amb la Susan.

–Era ella, qui em va fer la foto, no la podem deixar al marge del tot...

«Jo ja sé el que em dic» seria la traducció del gest que va fer en Harold.

–Si us plau –va demanar la Hannah–. No vull que se n'assabenti ningú... Ningú de casa ha de saber això i ja saps a qui em refereixo especialment...

En Harold la va mirar fixament...

–No et preocupis que, per mi, en Harry no sabrà res.

Si la Hannah tenia mania a en Harry, en Harold encara n'hi tenia més.

La Hannah observà el seu germà gran. Era molt atractiu. I des que anava al gimnàs i es modelava els músculs encara més. Era molt estricte en la seva dieta i molt disciplinat, detestava la gent que no es cuidava. No li estranyava gens que els agradés a les seues amigues. La Susan, principalment, es fonia quant el veia. La Susan tenia un radar molt especial i selectiu que feia que només triés els nois atractius. El problema era que aquests no la triaven a ella, com hauria desitjat.

La veu d'en Harold la va distreure dels seus pensaments.

–Hem d'estudiar la naturalesa d'aquest fantasma –va anunciar–... n'hi ha de molts tipus...

–Hi entens, de fantasmes?

–Jo no, però un company de la facultat és un friki del tema...

–Ah, veig que no només la Susan és una friki... –va dir la Hannah amb ironia.

–No t'equivoquis germaneta: la teva amiga és una *pseudofriki*, una *falsafriki*, perquè ella és una *frizy*.

–No m'atabalis amb els teus jocs de paraules...

–Vols que en traiem l'entrellat, o no?

–És clar...

–Doncs és important que algú que en sàpiga ens assessori... Sé que de fantasmes n'hi ha de diverses classes, els que apareixen quan han acabat de morir, els que han estat castigats a vagarejar en algun lloc determinat... Els primers són inofensius, però els altres, d'acord amb el que explica en Joe, poden ser crítics...

–Crítics?

–Sí, es veu que poden ser perillosos...

–I tu creus que en Leslie... o la Leslie, vaja, pot ser crítica?

–No ho sabem –va afirmar en Harold donant-se importància–. Per això cal parlar amb algú entès.

–Però... és que jo no vull que s'escampi...

–En Joe no és cap bocamoll, no t'amoïnis... El que has de fer és repassar minuciosament tot el que vas fer ahir...

–Vaig anar a la festa... La casa de la Susan és molt antiga...

–Una casa antiga és un lloc oportú perquè hi aparegui un fantasma, però has d'analitzar totes les possibilitats... Pensa que si t'ha triat a tu...

–No em fa gens de gràcia que diguis això... –es va queixar la Hannah.

–El que et vull dir és que no podem descartar res.

La noia va deixar anar un sospir mentre s'aixecava disposada a anar-se'n.

–Si en Harry sap que som aquí no pararà fins saber quina en portem de cap –va dir a continuació, una mica preocupada.

–Bah, no t'amoïnis. Quan he arribat estava amb els seus amics afartant-se de crispetes... Hannah... ara sóc jo qui t'ha de demanar un favor... Tens crema depilatòria?

–Sí... ara te la donaré –va afirmar una mica sorpresa, ja que no sabia que el seu germà es depilés. Si la Susan ho sabia, encara li agradaria més.

–I ja saps, no en diguis res als de casa –va demanar en Harold.

La Hannah va assentir amb el cap.

Ben cert que era molt millor que aquell assumpte depilatori quedés entre ells. Harold Potter pare no podia sofrir ni pírcings, ni tatuatges i considerava vergonyós que un home es depilés o es tenyís.

Els germans Potter des de ben petits que van aprendre que la discreció era una gran aliada. Per què fer patir el seu pare per una fotesa insignificant?

La Hannah duia un pírcing al melic que es treia quan anava a la platja de vacances amb la família i això passava en poques ocasions. En Harold, pel que semblava, es depilava. I en Harry... Ai, en Harry. De moment es pintava amb retolador la marca de naixement que el Harry Potter de ficció tenia al front amb la diferència que ell se la pintava al bell mig de la galta dreta del cul i que només ensenyava en determinades circumstàncies i per als escollits (Harry *dixit*).

En Harold es va aixecar de la cadira apartant l'Stinky de la seva falda. La gata acabava de fer un badall que va deixar anar una ferum nauseabunda.

–Hauré de portar aquest gat a un altre veterinari, cada dia fa més pudor...

–Sí, és realment fastigós...

La gata, com si s'hagués ofès, els va clavar la seva mirada de color verd maragda i va sortir de l'habitació tot just quan la Hannah va obrir la porta.

Prou que la noia va procurar de ser discreta, però en Harold s'havia equivocat i en Harry i companyia feia estona que s'havien acabat les crispetes.

Un somrís maliciós es va dibuixar a la cara pigada d'en Harry: tenia informació. I la informació era poder.

Tindré feina.
Ja m'ho veig venir.
Aquest intent ha estat infructuós.
Mala pensada que he tingut.
Mira que n'hi ha, d'estratègies.
I he anat a escollir aquesta, precisament.
Com si no hi haguessin sorolls, xerrics, cops de porta, corrents d'aire, objectes que cauen i es trenquen...
La varietat és infinita,
però he triat aquesta perquè...
Hi ha res millor que un alè fantasmal a través d'un gat?
Però no ha funcionat.
Em consola que la culpa no és meva.
Què dimonis han dit que patia, aquell gat?
Halitosi?
Hauré de fer servir una altra tàctica.
Van pel bon camí, però, perquè han vist el paper.
A veure si me'l troben...

3. POTTER, Harry

A la cara d'en Harry es va dibuixar un somrís sorneguer.

«Ha! Ha! I més ha!», va pensar.

Els seus germans en portaven una de cap. Segur. I com sempre, pretenien deixar-lo al marge.

Havia intuït que passava alguna cosa des que la Susan i la Hannah s'havien tancat a fer confidències. Que tinguessin secretets era habitual, però la cara d'atabalament que la Susan duia impresa a la cara des que havia arribat, despertà el seu interès. Per això mateix que no li va quedar més remei que escoltar darrera la porta de l'habitació d'en Harold quan es va adonar que la Hannah hi havia entrat.

Poques paraules havia entès, prou però, per cridar la seva atenció.

«*Pen drive*»... «Festa»... «Susan»... «Crema depilatòria»... Aquesta última només va fer que confirmar el que ja sabia: que en Harold es depilava. Seria un motiu de disgust per al seu pare si se n'assabentava i un possible xantatge per al seu germà gran si es propiciava l'ocasió.

De tota manera, només una paraula de totes les que van arreplegar les seves ben entrenades orelles va encuriosir-lo de veritat: «fantasmes».

Fantasmes...

Havia sentit que parlaven de fantasmes.

Per què en parlaven, en Harold i la Hannah?

El seu to de veu, això sí que ho havia copsat bé, era de desconcert i curiositat. En el cas de la Hannah fins i tot de preocupació. Quedava clar que en parlar de fantasmes no es referien a cap dels seus amics. Ni a ell mateix, motiu habitual de les seves converses quan es tractava de buscar un culpable.

En Harry va fer sobresortir el llavi inferior cap enfora i va bufar enlaire per apartar-se un ble de cabell, ros i llis, que li queia damunt de l'ull dret, blau igual que l'esquerre. Aquell gest que tant desagradava a tota la família excepte a la seva mare (que per això ho era, de mare), s'havia convertit en un tic del qual en Harry havia perdut el control i que s'activava quan es posava nerviós.

Després que la Hannah hagués sortit i hagués tornat cap a la seva habitació, en Harry es va dirigir cap a la cuina no perquè hi volgués anar, sinó perquè era la trajectòria lògica a seguir en el cas que els seus germans s'haguessin adonat que pasturava –un eufemisme per dir que espiava– pel passadís.

A la cuina hi havia l'Stinky fent les seves necessitats a la safata de sorra que hi havia en un racó. Quan va acabar, la gata pudent es va posar a rascar frisosament una capsa de cartró que tenia per aquest fi i per alleujament del sofert sofà de la sala d'estar que sovint era esquarterat impunement per les ungles esmolades del felí.

En Harry va pensar que devia estar estressada, si més no això havia dit el veterinari a en Harold quan un dia li va preguntar el perquè de tantes rascades.

Gata estressada, germans grans fent confidències, amiga atabalada...

L'Stinky havia traspassat el cartró i les seves ungles ara rascaven el mosaic del terra amb un frisós nyic, nyic, renyic.

En escoltar-ho, el mig serrell d'en Harry va volar més que mai; no el podia sofrir, aquell soroll. I menys encara qui el provocava. L'antipatia era mútua, però. Si l'Stinky havia gosat esgarrapar algú de la casa aquest havia estat en Harry. La gata la hi tenia votada, sobretot des que el xicot li havia socarrat els bigotis. Val a dir que no ho havia fet expressament del tot.

–Ha estat un accident... –va excusar-se quan en Harold l'increpà.

En realitat li havia d'haver dit que més que un accident, havia estat un experiment. Sabia que quan es cremava un cabell –ho havia provat amb els de la Hannah–, aquest es rinxolava. Va pensar que l'Stinky quedaria divertida i molt femenina amb els bigotis caragolats. No va comptar que s'encendrien tant, que de bigotis només en quedaria el record. Encara sort que, amb el temps, li van crèixer de nou.

En Harold es va enfadar moltíssim.

–Si tornes a acostar-te a la meva gata, te'n recordaràs, incendiari! –l'havia amenaçat.

Aquella vegada en Harold tenia raó, però d'altres s'aprofitava que ell era més petit.

Ser el tercer dels germans no era cap avantatge, tot el contrari. Però això semblava que només passava a casa seva, perquè tenia amics que eren els petits de la família i gaudien de tota mena de privilegis, eren uns consentits.

Per què en el seu cas no s'acomplia, aquella llei?

Potser pel que sovint havia sentit a dir a la seva mare, que era una relliscada.

«No l'esperàvem», deia si explicava a algú quan s'havia quedat embarassada d'ell. Després la seva mare ho arreglava dient que els havia fet molta il·lusió, i que ves per on que quina alegria. Però el cas, la veritat pura i dura era que «no l'esperaven». I si no l'esperaven era, simplement, perquè no l'havien anat a buscar.

En tenien prou amb en Harold i la Hannah. I aquests es bastaven amb ells dos. El més lògic era que per la proximitat d'edat, la seva germana hagués fet pinya amb ell. Però no, malgrat la diferència de quatre anys, la Hannah s'unia amb el germà ganàpia.

Hauria estat agradable sentir-se consentit tal com corresponia a un germà petit. O, si més no, que ho haguessin fet quan era menut. Devia ser fantàstic tenir germans grans que t'amaguessin les trapelleries, que et compressin llepolies, que et permetessin jugar amb ells, només jugar, perquè no gosava pensar que meravellós hauria estat que l'haguessin deixat guanyar i tot. No, a tant no aspirava, però... Com a mínim que no li fessin la punyeta, que no li anessin sempre en contra, que no li demostressin que els feia nosa.

En Harry va pensar en el seu homòleg de ficció. Fins i tot aquell mag de novel·la tenia més sort que ell, perquè el Potter de la Rowling almenys tenia el consol de ser maltractat per uns cosins i ell era víctima dels propis germans.

Prou.

Ja n'hi havia prou d'automelodrama.

No pagava la pena patir per un tema que, d'altra banda, ja tenia assumit. Pitjor per a en Harold i la Hannah, perquè un germà petit, ben atès i cuidat, és un germà agraït que pot esdevenir molt útil. En canvi, un germà petit, menystingut i esclafat (tant, potser no), podia ser tan molest com un gra al cul.

A la vista dels resultats, doncs, havia decidit ser un furóncol (gra bèstia).

El soroll d'una clau al pany avisà que els pares acabaven d'arribar.

–Holaaa! –van exclamar tots dos progenitors a la vegada.

Aquell salut, aquell «hola» allargat i de to xiroi, tenia un doble vessant: no només anunciava que havien arribat, sinó que reclamava, exigia, que sortissin del cau corresponent i els anessin a saludar; era la condició primera i indispensable per poder continuar d'okupes a casa seva. Ell i la Hannah encara tenien butlla, però en Harold ja era major d'edat.

«L'educació és el que primer es veu», assegurava el pare. Aquella frase que havia après del seu pare i aquest del seu, es repetia com l'all, fes al cas o no.

–Com és, que no heu sopat? –va demanar la mare que, en entrar a la cuina, va veure que el rosbif que tan amorosament havia preparat continuava intacte damunt dels fogons.

Aquella tarda dominical, els pares havien anat a casa d'uns amics. I la mare havia deixat l'encàrrec, que era el mateix que dir l'ordre, que com que segurament arribarien tard, que sopessin.

–És que ningú pensa contestar-me? –va insistir Alice Potter.

–Ho anava... ho anàvem a fer, oi Hannah? Però hem pensat que millor us esperàvem –va mentir en Harold.

La Hannah va corroborar la seva mentida mentre en Harry deia que no tenia gana.

I de tots tres va ser l'únic que no va mentir perquè abans d'anar a espiar, s'havia cruspit un munt de crispetes.

–Doncs, au, pareu taula...

Tots temien que la mare diria allò. I ningú de la família suportava el rosbif que cuinava i que tenia la particularitat que sempre quedava dur. Molt dur.

Cap d'ells es va escapar. La mare va encolomar una bona ració a cadascun, pare inclòs.

Entre mastegada i glop d'aigua per fer passar la carn avall –sort encara del puré de patata que l'acompanyava–, la Hannah es queixava de l'examen que tenia l'endemà.

La seva germana tenia la mà trencada a fer teatre.

En Harry la va mirar mentre feia volar de nou el mig serrell i crispava la concurrència.

En Harold també va fer el seu, de paperet. En sabien molt d'entabanar els pares fent-los partícips de les seves activitats.

A ell, els pares gairebé mai no li preguntaven res sobre els estudis. En part, entenia que no ho fessin perquè el seu currículum estudiantil era molt avorrit: sempre treia excel·lent. Era una sort, les bones notes evitaven sovint batusses majúscules.

Per aquesta raó, a en Harry li sobrava temps. Prou que els pares procuraven apuntar-lo a tota mena d'activitats, una manera com una altra de treure-se'l de sobre, però tot i així, gaudia de temps lliure per dedicar-se al que li agradava més: a ser protagonista de tota mena de fantasmades, si més no, aquesta era la fama que tenia.

D'altra banda i en contra del que molts adolescents opinaven, que la seva era una edat difícil, que ningú no els comprenia, que no els deixaven fer la seva..., en Harry, sabia treure el suc a aquella història i si bé tenia coll avall que no el comprenien, ja li anava bé perquè això li permetia fer què volia amb una certa llibertat. I si alguna cosa no acabava de rutllar, sempre podia carregar les culpes a les hormones.

–I, com va el treball sobre la nostra Beatrix? –va preguntar Harold pare, cofoi que la seva filla s'interessés per la il·lustre avantpassada.

«Buf! La cursi de la Helen Beatrix Potter...», va pensar en Harry, que odiava la producció literària i il·lustrada de la parenta.

I no era només la producció; per tot el que havia sentit explicar a la família, sobretot al seu pare, li queia fatal, aquella Potter. Què es podia esperar d'una nena que duia a passejar conills lligats amb corretja? D'una nena rica criada només per institutrius? Que vivia en un castell que s'assemblava als que ell construïa quan era petit? Que quan podia s'escapava al bosc i així es va tornar d'assilvestrada?

Res. Res de bo se'n podia esperar.

Després deien que a ell li agradava cridar l'atenció. Devia ser un fantasma, la Potter... Fantasma... Hauria d'esperar a demà per intentar esbrinar alguna cosa. A la tarda aniria bé. La Hannah tenia classe de ballet i en Harold entrenament de rugbi. No hi serien. Perfecte. Les circumstàncies anaven al seu favor perquè a en Harry, l'endemà, li tocava entrenament de futbol, però una lesió lleu al genoll li impedia fer-ne; el metge havia prescrit que millor que no jugués durant un parell de setmanes. Tindria la pista lliure, doncs.

En Harry, que venia de l'escola, va sortir esperitat de l'estació de metro de Paddington. Li havia costat desempallegar-se d'en Thomas i d'en Robert, els seus millors amics i uns tipus fantàstics, opinió que no compartia la Hannah ja que ella els qualificava d'impresentables. En canvi, ells, estaven penjats de la seva germana. En Harry no entenia què li veien quan afirmaven que estava boníssima. Era en l'únic tema que discrepaven, perquè tot i que reconeixia que de figura estava bé, no entenia per què feien tants escarafalls de les seves corbes i de la seva llarga cabellera negra, molt llisa. Vés a saber...

Frisava per anar a casa i va afanyar-se per arribar al més aviat possible malgrat que el genoll no li deixava fer-ho tan de pressa com hauria volgut.

La família Potter vivia al bell mig de Sussex Gardens, en una caseta d'aquelles de quatre plantes, tan típiques de Londres. Hauria estat fantàstic si tota la casa hagués estat per a ells, però l'havien de compartir amb dues famílies més, cadascuna en un pis. Harold pare deia que vivien temps de crisi econòmica, però la seva dona afirmava que des que el coneixia, en Harold Potter sempre es queixava de la crisi.

Després de fer un petó a la seva mare, se'n va anar disparat cap a la seva habitació. Va deixar la motxilla, i va esperar el moment oportú per anar a remenar a l'habitació de la Hannah.

Hauria de vigilar que la mare no el sorprengués tafanejant. De seguida que la veiés entretinguda en alguna cosa, entraria en acció.

Va tenir sort i la tia Deborah va trucar-li per telèfon. Quan trucava la tia Deborah volia dir que com a mínim s'estaria una hora penjada de l'auricular.

En Harry va inspirar fondo i va bufar el serrell amb empenta. I va entrar dins l'habitació de la Hannah tot ajustant la porta.

Primer, va fer una mirada de reconeixement general per centrar-se tot seguit en l'escriptori. Buscava algun *pen drive*...

Genial, en un racó n'hi havia tres.

Se'ls va endur cap a la seva habitació i va connectar el seu ordinador. Això, el fet de tenir ordinador propi a la seva edat i amb germans més grans, no li havia costat gens d'aconseguir, tal com els havia passat a altres companys. Van ser els mateixos Harold i Hannah qui van fer de mitjancers perquè els seus pares l'hi compressin. No va ser un detall cap a ell. Simplement, no volien que per res del món toqués els seus.

No va trobar res d'interessant.

Un era exclusivament sobre el treball que la Hannah feia sobre l'ensinistradora de conills, és a dir la Helen Beatrix.

En un altre hi havia fotos d'ella, de la Susan, de companys de classe (suposava). Ha! Potser tenia algun xicot, va pensar en Harry en contemplar alguns galifardeus fotografiats.

I en el tercer... Res... No hi havia res...

És clar que... Si la Hannah anava amb secrets... No deixaria un *pen drive* a la vista de tothom, l'amagaria en un lloc que ella cregués segur. Que cregués, és clar, perquè en Harry sabia on la seva germana amagava allò que no volia que trobés ningú.

Va tornar disparat a l'habitació de la Hannah. Va obrir amb compte l'armari i de la part de sota va treure una capsa de sabates de color blau, una que era molt bonica, de quan era petita i que la Hannah conservava amb cura. Allà desava els seus tresors...

Ahahà! Ho havia trobat! A dins de la capsa on hi havia desades unes velles sabatilles de ballet (quin horror, ficar-se allò als peus!) hi havia un altre *pen drive*.

Ell mateix quedava meravellat de la seva capacitat de deducció. Bé, no n'hi havia per tant, només era experiència.

Va sentir com la seva mare penjava el telèfon. La tia Deborah no devia trobar-se bé, no era gens habitual que fos tan breu.

Va sortir de l'habitació tot vigilant que la mare no el veiés.

Quan va ser a la seva i amb el sentiment d'un triomfador, en Harry va connectar el *pen drive*...

Allà només hi havia una carpeta que posava «Leslie».

Leslie?

Li semblava recordar que ahir en Harold i la Hannah havien esmentat aquest nom.

Va obrir la carpeta. I...

–Hòstia! –va cridar sense poder reprimir-se.

–Harry, no diguis paraulotes! –el va renyar la mare des de la cuina.

Va inspirar i rebufar amb profunditat.

Uuau, uau, uau...

En Harry poques vegades se sorprenia de res. Ja de petit era un nen que, per exemple, no s'espantava de la foscor ni li feien por les bruixes, ni el dimonis, ni totes aquestes coses que atemoreixen les criatures. Ben al contrari, en Harry reia davant la imatge de qualsevol vampir o d'algun zombi descarnat, per citar uns clàssics.

Però allò, en Leslie o qui redimonis fos, era... la rehòstia!, va dir entre dents perquè la mare no el sentís.

Havia de reconèixer que s'havia esgarrifat.

La Hannah era al seu costat... Ara ho entenia tot...

És clar, la Hannah devia preguntar a en Harold la seva opinió.

Ell també hauria donat la seva, que caram!

Un atac de mal humor el va envair.

Per què no podien compartir amb ell una cosa tan interessant?

Es va empassar l'enuig i va decidir recapitular fets.

Primer, la fotografia va ser feta dissabte, tot just feia dos dies. Segon, corresponia a la festa que va fer la Susan per celebrar el seu aniversari. A en Thomas, a en Robert i a ell mateix també els hauria agradat anar-hi, però estaven literalment proscrits. Prohibicions al marge, si tenia la certesa sobre el primer i el segon punt era perquè, en la fotografia, la Hannah anava vestida amb aquells pantalons i samarreta de marca que s'havia comprat per a l'ocasió i que van ser motiu de queixa de la mare ja que havien costat un ull de la cara. El paquet embolicat que duia a la mà, corroborava que era un regal per a la Susan.

A en Harry li hauria agradat trobar un tercer punt que expliqués per què hi havia aquell estrany personatge al costat de la seva germana. Però no, ni la més remota idea. Aquell ésser tenia tota la pinta de ser un fantasma, un fantasma petit i guillat.

Res de Leslie, Fantascrazy era el nom que li esqueia. No, Fantascrazy no. Millor Fantasfrizy, perquè també tenia l'aspecte de ser *superfriki*.

El va observar bé i no podia assegurar de si es tractava d'un nen o d'una nena. Potser als fantasmes els passava com als àngels, que no tenien sexe.

De sobte, va pensar que no es podia entretenir fent observacions, ja que havia de tornar el *pen drive* abans que tornés la Hannah.

Així ho va fer, després d'haver-ne fet una còpia, és clar.

Estava ajupit desant el *pen* dins la capsa de sabates, quan es va veure obligat a empassar-se un crit a la vegada que s'incorporava d'un bot.

Alguna cosa havia fregat el seu darrere...

Stinky, la gata d'en Harold, era allà, reptant-lo amb la mirada.

Era estrany, va pensar en Harry, l'Stinky no acostumava a entrar a l'habitació de la Hannah.

–Vols que et socarri de nou els bigotis, gata pudent? –va xiuxiuejar-li en Harry a cau d'orella.

L'Stinky va deixar anar un rebuf pudent i tot seguit va pujar àgilment damunt de l'escriptori de la Hannah fent caure un llibre al terra.

A en Harry ja li venien ganes d'agafar els llumins...

Maleïda gata! Si la mare sentia que estava a l'habitació de la Hannah se les carregaria; li ho tenia prohibit.

«No busquis raons amb els teus germans», li recordava sovint.

L'Stinky, potes ajudeu-me, va sortir de la cambra fugint d'en Harry, que recollia el llibre, un d'aquells horribles de la Potter.

Confiava que la seva germana no s'adonaria de res, perquè... Com devia estar col·locat, el llibrot? Si la gata l'havia llençat, devia estar cap a un extrem... Va valorar algunes opcions i, finalment, el deixà, simplement, damunt la taula; no calia escarrassar-s'hi tant.

Era ja al llindar de la porta quan un nou plaf el va paralitzar. Ni esme tenia per fer volar el mig serrell.

Reconeixia el soroll d'aquell plaf. Era el mateix que havia fet el llibre quan l'Stinky l'havia llençat.

No s'atrevia a girar-se.

Ho va fer, però.

Allà, al terra, romania el llibre.

I, curiosament, obert a la mateixa pàgina que abans. Ho sabia perquè s'hi havia fixat. No en tenia cap dubte.

En Harry no va poder evitar que un calfred sotragués la seva espinada.

Potser l'he espifiada,
però no m'he pogut resistir.
Ha estat molt divertit espantar a aquest milhomes d'en Harry!
La meva idea era mostrar-me a la Hannah i que m'ajudés,
al cap i a la fi, era ella qui m'havia trobat.

Però ara no podré evitar que en Harry intervingui.
I sembla que d'aquest xicot es pot esperar qualsevol cosa.
Un element estrany, aquest Potter.
És clar que jo no sóc qui per opinar,
perquè quan tenia vida corpòria, també se'm considerava
especial, molt especial.
Ara que tinc l'ocasió, encara ho espatllaré.
I no m'ho puc permetre,
perquè no sé fins quant de temps estaré en aquest estadi
de poder mostrar-me als vius.
Es veu que caduca.
Em cal, doncs, aprofitar l'oportunitat
d'anar a l'illa de l'arbre Bongó.
I per això em cal trobar el plànol que vaig perdre.
Però no sé què passarà amb en Harry pel mig.
No paga la pena que m'atabali.
Alea iacta est, que va un dir un antic.

4. POTTER, Humphrey

Quan va acabar la classe de ballet, la Hannah es va afanyar a canviar-se: la Susan la devia estar esperant.

Mentre baixava per l'ascensor, es va treure el munt de clips que li subjectaven la cabellera en una trossa i evitaven que cap dels seus blens gosés voleiar amb llibertat. Miss Pauline, la professora, era molt estricta en aquest tema: els cabells havien d'anar ben recollits.

La Susan ja havia arribat. Era allà, palplantada enmig de la vorera d'Oxford Street. I la seva cara no anunciava haver fet cap descobriment sobre en Leslie.

–No he trobat res que ens pugui interessar –va dir corroborant el que ja es temia la seva amiga–, ara t'ho explico...

Es van dirigir a la cafeteria que hi havia molt a prop de l'escola de ballet i a on acostumaven a anar sempre que la Susan venia a buscar-la. Amb contrarietat, es van haver de conformar a asseure's al costat de la seva taula preferida, des d'on es podia veure el carrer. La consideraven seva, aquella taula, però dues iaies molt repentinades se'ls havien avançat. Miss Pauline hauria donat el vistiplau a la seva imatge capil·lar.

–He estat parlant amb Charles Norton –va començar a explicar la Susan–, un veí de l'escala que té mil anys. Li he dit que havia de fer un treball sobre la casa i el barri on vivíem i...

–Has de fer un treball? –va interrompre la Hannah.

–No, ximpleta, és l'excusa que li he donat per poder parlar amb ell... Ha estat contentíssim, li encanta enrotllar-se amb tots els veïns...

–I què t'ha dit? –va preguntar la Hannah, impacient i encara vermella per la ingènua pregunta que havia fet.

–Ja t'ho he dit... –va dir la Susan una mica tipa de les interrupcions de la Hannah– res que ens aclareixi alguna cosa. He procurat que m'expliqués si coneixia algun fet memorable i ell m'ha explicat la història de la finca des que es va acabar de construir. Jo volia que només se centrés en algun fet especial o alguna anècdota, però ell s'ha entossudit a fer una crònica detallada. Ha estat horrorós...

La Hannah va sospirar ofegant una altra pregunta que només hauria servit per irritar la Susan i va deixar dir a la seva amiga que en aquell moment es feia tan pesada com Mister Norton. Va pensar, però, que llavors li tocava a ella tenir paciència, al cap i a la fi era la Susan qui havia suportat la xerrameca del veí en benefici de les dues.

–Sembla que en aquest edifici –va continuar la Susan–, tothom ha mort de vell. Li he preguntat si algú va tenir una mort tràgica, violenta o inesperada... És això el que motiva l'aparició de fantasmes, oi?

–... Sí... No ho sé, suposo –va respondre sorpresa la Hannah, que havia perdut el fil de la conversa.

–Que no m'escoltes?

–És clar que sí –va dissimular–... És que pensava que haurem d'esperar que en Harold parli amb en Joe... Tant de bo que el nostre Leslie no sigui dels *crítics*... D'altra banda, que aquest veí teu no ho sàpiga, no vol dir que no hagi pogut passar alguna cosa *especial.*

–Ja... Però m'estranyaria, perquè el vell Norton ho sap tot, absolutament tot, del que passa i ha passat en tot l'edifici. No crec que se li hagués escapat algun fet... fantasmal. I té una memòria increïble per a la seva edat. Ah! –es va interrompre la Susan–, una altra cosa, he fet més fotografies...

La cara de la Hannah es va il·luminar per tornar-se a esmorteir tot seguit quan la Susan li va explicar que malgrat que n'havia fet un munt, que no havia aparegut ni en Leslie ni res semblant.

–N'estàs segura? Cap ombra? Cap fotografia moguda?

–Mira-te-les, si vols –va dir la Susan donant-li la càmera–, però no hi trobaràs res.

–I n'has fet en el mateix lloc?

–Algunes sí, i tant.

–I res d'en Leslie –va dir molt decebuda la Hannah.

–Res d'en Leslie. Potser si ho ensenyéssim a algú altre, ens podria ajudar –va dir la Susan, que es moria de ganes d'exhibir la fotografia.

–Ni parlar-ne... Ja ho hem dit a més gent del compte...

–Tu ho has dit a en Harold i ell ho dirà a en Joe, però jo no ho he dit a ningú... –va queixar-se.

–Ja t'ho vaig explicar: si li ho he dit a en Harold és perquè ell entén en fotografia, i pel que sembla en Joe és un entès en fantasmes... Si no, ni se m'hauria passat pel cap comentar res a ningú...

Les dues noies encara van parlar llarga estona discutint sobre el tema fins que el mòbil de la Hannah va sonar.

–Ostres, no he avisat a casa que arribaria més tard... –va dir en veure per la pantalla del mòbil que era la seva mare qui trucava.

Mentre la Hannah parlava, millor dit, escoltava l'esbroncada materna, la Susan va mirar l'hora i, efectivament, se'ls havia fet tardíssim. Ella també havia de marxar.

La Hannah va agafar el primer autobús que des d'Oxford Street anava cap a Edgware Road. Des d'allà, en un moment arribaria a Sussex Gardens.

Així que va entrar, va anar directe cap a la seva mare, que era al menjador, i li fa ver una abraçada molt melosa, d'aquelles que estoven el mal humor.

–Ho sento, mare, no tornarà a passar.

En Harry, que en sentir que s'obria la porta havia tret el cap per veure qui era, va pensar que sí que tornaria a passar, perquè la Hannah era despistada de mena, però no seria ell qui digués res; aquell no era el moment de sembrar zitzània.

–Què mires? –va preguntar la Hannah en sentir-se observada pel seu germà petit.

–Jo?

–Sí, tu. Qui, si no?

A en Harry li hauria agradat contestar que tal vegada un fantasma, però va mussitar un simple «res».

–Com que res? M'estàs mirant a mi, no? –va preguntar la Hannah empipada.

–Sí...

–Per què dius que no mires «res», doncs?

–Vull dir que «res» d'especial...

–Hannah, nena –va intervenir la mare–, em sembla que en fas un gra massa... Quina importància té?

En Harry va aprofitar per posar careta de víctima incompresa mentre la seva germana anava cap a la seva habitació i la mare enlairava els ulls cap al sostre; aquella mena de diàlegs entre els seus fills, sobretot si en Harry hi era pel mig, es podien allargar fins a l'infinit.

–Ei, nano, què fa aquest genoll? –va preguntar en Harold, que acabava d'arribar d'entrenar.

En Harry es va quedar molt sorprès. Si el punxaven no li sortiria sang.

–Millor, va molt millor –va contestar, desconfiat.

En Harold s'havia adreçat a ell i en to amistós. Fins i tot li havia tustat l'esquena amb afecte. Alguna cosa no anava bé.

Mentrestant, a la seva habitació, la Hannah mirava el llibre que tenia damunt del seu escriptori, *The Tale of Little Pig Robinson*. Feia poc que l'havia comprat al mercat del llibre vell del pont de Waterloo. Era un conte de la Helen Beatrix, l'últim que havia publicat, tretze anys abans de la seva mort. Durant els últims anys de la seva vida, la poca i malmesa vista no li havia permès d'escriure ni de dibuixar.

De fet, ja el tenia, aquell conte, perquè el seu pare havia procurat que a casa seva no faltés ni un sol exemplar de la Potter, però l'estat del pobre llibre era penós: quan era petit, en Harry s'havia dedicat a *decorar-lo* profusament. En el mercat del llibre vell es podien trobar bones oportunitats i no ho va dubtar gens ni mica quan va veure allà el seu *little pig*.

Tenia ganes de dedicar-se al treball sobre l'escriptora, potser així, mentre no podia esbrinar res més, es distrauria una mica de les històries de fantasmes i allunyaria del cap el maleït Leslie.

Ja tenia molta documentació sobre la Potter, però ara li faltava la de primera mà. I per això li calia parlar amb l'avi Humphrey.

L'endemà, aprofitant que no tenia classe de ballet, la Hannah va anar a casa de l'avi patern, a qui havia trucat la nit anterior per dir-li si li anava bé que hi anés. Tanmateix, havia tingut cura d'avisar a casa que hi aniria així que sortís de l'escola i que no patissin; per una vegada, el vaticini d'en Harry no s'havia acomplert.

Humphrey Potter vivia a South Kensington, a l'altra banda de Hyde Park. Curiosament, a la mateixa zona on havia nascut la cèlebre avantpassada. La trajectòria d'ambdós però, havia estat a la inversa ja que la Potter va néixer en zona urbana i va morir al camp mentre que l'avi Humphrey havia nascut en ple camp i no va ser fins feia uns pocs anys, des que havia quedat vidu, que s'havia instal·lat a Londres.

Per guanyar temps quan va sortir de l'escola, va agafar el metro i va baixar a Gloucester Road. Allà mateix, molt a prop del museu d'història natural, vivia l'avi.

–Sigues benvinguda, Hannah –va saludar-la–, estàs feta tota una senyoreta...

La Hannah va contestar amb un somrís mentre li feia un petó a les galtes, xuclades i magres.

L'avi Humphrey tenia molt bon aspecte malgrat tenir vuitanta anys, havia envellit bé. El cap coronat encara per abundosos cabells i la barba blanca, molt ben retallada, li conferien un aspecte de saviesa reposada d'aquella que només s'adquireix amb experiència i sentit comú. El que destacava més del seu rostre, però, eren els ulls, grans, grisos i de mirar profund.

Era una persona que gaudia de bona salut i sabia cuidar-se. En realitat, i dit per ell mateix, només els ossos li feien la murga.

La Hannah va fer una ullada al seu voltant. Sempre la sorprenia la moderna decoració de disseny que no tenia res a veure amb el que es podria esperar de la casa d'un octogenari.

–De vell ja en sóc jo... –deia sovint.

Independent i de tarannà solitari, no era un avi habitual, d'aquells que van a buscar els néts a l'escola o els porten al zoològic. Tampoc no era gaire afectuós ni home de conversa, però traspuava una serenitat que feia que els néts l'estimessin. Potser era perquè des que eren petits que sempre els havia tractat amb molt de respecte, com si fossin grans.

La Hannah considerava que era una persona amb un criteri molt assenyat. El seu pare i ell no s'avenien gaire perquè contrastava la racionalitat de l'avi amb l'esperit gairebé ingenu del pare.

–Així que fas un treball sobre la Helen Beatrix Potter... –va dir Humphrey Potter un cop es van asseure a un sofà immens de color taronja que hi havia a la sala d'estar.

–Doncs, sí...

–Puc saber per què?

La Hannah va somriure, una mica desconcertada per la pregunta.

–Bàsicament, per pujar nota, la veritat... I també, perquè em fa gràcia... El pare sempre ens n'ha parlat tant, i tan bé...

–La Potter tenia coses bones, sí...

Es va fer un moment de silenci.

–Ho dius com si també en tingués de dolentes –va comentar la Hannah no sense curiositat.

–Bones i dolentes, és clar, com qualsevol persona...

La Hannah va intuir que l'avi Humphrey, de moment, callava coses que sabia. De sobte, va sentir que dins seu bullia l'entusiasme: aquella conversa pintava més interessant del que havia suposat.

–Tu diràs què vols saber, de la Potter –va dir l'avi.

«De la Potter?», va pensar la Hannah. Tal com ho havia dit sonava despectiu.

–Voldria saber la teva opinió, l'opinió personal, perquè ja tinc força documentació sobre ella i el que em fa falta és informació d'algú que l'hagués conegut de prop...

–La vaig conèixer, sí, però no gaire de prop, sobretot perquè no deixava que els nens s'acostessin als seus verals... Com ja deus saber, Helen Beatrix Potter fugia de les criatures com de la pesta.

–Sí, ho he llegit, però el pare sempre ens ha dit que eren enraonies...

Humphrey Potter va somriure a la vegada que s'acaronava la barba.

–El teu pare, Hannah, sempre l'ha idealitzada.

–Tenies tretze anys quan ella va morir, oi?

Humphrey va fer que sí amb el cap.

–L'any en què tu vas néixer ella va publicar *The Tale of Little Pig Robinson*...

L'avi va assentir de nou.

–El teu avi era cosí d'ella, oi?

–Exacte.

–Quan eres petit, vivies amb la teva família a prop de Castle Cottage, oi? La Helen Beatrix i el seu marit s'havien retirat allà...

–Això mateix...

La Hannah es va començar a sentir incòmoda. Li feia l'efecte que hauria d'anar traient la informació amb estenalles. Potser tenia raó el seu pare quan deia que era massa reservat.

De cop, va sentir com els ulls de l'avi es clavaven en els seus i somreia obertament.

La Hannah no sabia com interpretar aquella actitud.

–Deus pensar que sóc un vell estrafolari... –va dir de sobte en Humphrey.

–No...

–Potser no, però sí que et deus plantejar per què coi has vingut, si no t'explico res, no és cert?

–Una mica, sí –va dir la Hannah abaixant la vista.

–No t'amoïnis, que això ho arreglarem de seguida –va dir mentre s'aixecava no sense dificultat d'aquell sofà tan *fashion*–. T'agrada la Coca-Cola, oi?

I abans que li hagués contestat ja era a la cuina a buscar-la. La Hannah el va seguir per ajudar-lo.

De nou asseguts a la sala d'estar i després de fer un bon glop de la cervesa que s'havia servit, Humphrey Potter va dir:

–No m'havia imaginat mai que arribaria aquesta ocasió... Tanmateix, no sé per què no s'ha produït abans...

–De què parles, avi? –va preguntar la Hannah una mica nerviosa.

–D'una vella història...

«Oh, no!», va pensar la Hannah recordant el que li havia explicat la Susan sobre el vell Norton. Si l'avi s'havia decidit ara a explicar-li la seva vida...

–No t'espantis –es va afanyar a indicar l'avi com si li hagués llegit el pensament–, que el que et vull explicar està directament relacionat amb la Potter... Ja m'he adonat que estàs prou informada sobre ella, però estic segur que no en saps res, del que ara t'explicaré...

–Sobre la seva vida? –va preguntar la Hannah amb interès.

–De la seva vida i la d'altres... És tracta d'una història amagada...

–Amagada?

–Sí. I potser ha arribat el moment de desenterrar-la..

Què passa, aquí?
I jo què, eh?
De cop i volta he deixat d'interessar-vos?
La Potter, la Potter...
Avui ha estat un desastre...
Per més que he llençat el llibre del *little pig* al terra,
la Hannah no m'ha fet cap cas.
Tres cop, l'he tirat, eh!
Tres cops!
Més que suficient perquè se n'adonés, no?
Doncs ella l'ha recollit totes les vegades.

Amb la història aquesta que és una despistada...
Que no ho veia que era un fet paranormal?
Potser em faltava la gata pudent...
Però avui no he pogut comptar amb ella,
perquè no ha volgut moure's de l'habitació d'en Harold.
Per a mi que nota la meva presència i em fa la punyeta.
Encara m'hauré de refiar d'en Harry...
No, no m'agrada la idea.
Serà millor que m'empesqui una altra estratègia.
Tornaré, però.
I tant que tornaré!

5. POTTER, Helen Beatrix

L'avi Humphrey va fer un bon glop de cervesa i estossegà una mica abans de començar a parlar.

–La relació de la nostra família amb els Potter...

–Avi –va interrompre la Hannah–, ho dius com si no fóssim parents. Llunyans, sí, però som família...

–Tens raó, ho som. Com has dit, el meu avi era cosí de la Potter, però... –l'avi Humphrey va fer una pausa– imagino que alguna vegada et deus haver preguntat el perquè de la diferència dels béns patrimonials que ens separen...

–El pare sempre ens ha explicat que durant la gran guerra, el seu besavi, és a dir el teu avi, en va perdre molt, de patrimoni...

–En part sí, és clar, però tot i així, la diferència continua sent abismal ja que el meu avi va ser un modest granger mentre que la família de la Helen pertanyia, pràcticament, a l'aristocràcia.

La Hannah reflexionava sobre aquell comentari. Mai no hi havia pensat en profunditat. I era ben cert. Sabia que una tia de la Helen Beatrix, la Lucy, per exemple, s'havia casat amb tot un sir, Sir Henry Roscoe.

La mirada atenta de la Hannah demanava que l'avi continués explicant-se.

Aquest no es va fer esperar.

–Deus saber, perquè és una història bastant coneguda, que els pares de la Helen Beatrix no miraven amb bons ulls la relació que tenia amb Norman Warne, l'editor, ja que una persona que hagués de treballar no era apropiada per a la seva filla; consideraven que era de nivell inferior.

–Sí, sé la història... Deien d'ell que era un *comerciant*.

–Això mateix. Doncs abans ja havia passat quelcom semblant amb el meu avi Henry, que com ja saps, era cosí segon de la Helen Beatrix, i un Potter també.

–No volien que es casés amb la persona que estimava?

–Exactament. I com que ell es va entossudir a casar-se amb la teva rebesàvia, el van desheretar de manera dràstica. D'un dia a l'altre es va trobar al carrer i sense un trist penic a la butxaca.

–Sembla que això només passa a les novel·les...

–La teva rebesàvia provenia d'una família humil i anava a casa dels Potter a fer la bugada. Van pensar que era una caçafortunes i de cap manera, d'acord amb el concepte de classe que tenia la família, la podien acceptar. Tanmateix, era una noia llesta, bondadosa i molt bonica, qualitats bones totes tres que devien pesar molt perquè l'avi Henry la triés a ella deixant de banda una vida de comoditats...

–És una història d'amor molt romàntica –va comentar la Hannah.

–El meu avi explicava que ella, la Sarah, malgrat que també n'estava molt enamorada, va intentar allunyar-se d'ell per evitar un enfrontament familiar, però davant l'amenaça del seu estimat de llevar-se la vida va decidir que el preferia viu al seu costat.

–Sort que van prendre aquesta decisió perquè si no no estaríem nosaltres aquí, oi?

–Ja ho pots ben dir, ja –va afirmar en Humphrey molt somrient–. I la veritat és que van viure molt feliços. A més, el teu rebesavi, encara que li corresponia una part legítima dels béns, no va voler res d'ells –això sempre li ho havia retret el meu pare–, amb la qual cosa els Potter que el van succeir ens hem hagut de guanyar la vida...

–No entenc per què el pare no ho ha explicat mai, això –va dir de sobte la Hannah, sorpresa–, sempre li he sentit dir que els rebesavis estaven molt enamorats, però, que jo sàpiga, no ha comentat mai res d'això de l'herència...

–Perquè el teu pare prefereix aferrar-se a la idea, que en part és certa tot i que és posterior, que arran de la guerra les va passar magres. Que no existís un fet tan rotund, com el que fos desheretat, l'acostava una mica als Potter rics... Recordo que no li agradava saber que aquests Potter sempre ens van menysprear, que els avergonyia que una família modesta tingués un tronc comú...

–Però a tu... el pare deia que la Helen Beatrix et tenia en molta estima...

–Sí, crec que sí... No li agradaven gens els nens, però jo era una de les comptades excepcions.

A la Hannah se li feia difícil pensar que una persona que escrivia i dibuixava per als infants i amb tanta sensibilitat, després pogués ser tan esquerpa. En veure-la retratada hom podria pensar que era una iaia d'aquestes que fan pastissos per als nens i que quan s'hi acosten els ofereixen galetes.

–Potser si no hagués perdut la vista –va comentar la Hannah–, no s'hauria amargat tant i hauria estat més afectuosa. Devia ser terrible per a ella no poder escriure ni dibuixar...

–Cert, però pel que havia sentit a explicar d'ella, els nens no li havien agradat mai. A mi m'apreciava, però a la majoria dels meus amics no. Recordo que no els deixava jugar a prop d'on ella es trobava i per qualsevol niciesa els delatava als seus pares...

La Hannah va somriure.

–No li hauria agradat topar-se amb en Harry... –va dir.

–El bo d'en Harry!

–Bo, dius? És la pesta! –va exclamar la Hannah sorpresa del comentari de l'avi.

–En Harry té fred de peus...

–Què?

–Vull dir que pateix gelosia...

–Gelosia? De qui?

–De tu i del teu germà Harold. Vosaltres dos sempre feu pinya i a ell el deixeu a part...

–Potser sí, però és que quan he intentat de fer-lo participar en alguna cosa, després me n'he penedit...

–És un gran tipus, recorda el que et dic.

–I la història amagada que m'havies d'explicar? –va demanar la Hannah canviant de conversa ja que no volia contradir l'avi, però tampoc no li podia donar la raó.

–No et pensis que me n'he oblidat. Vine –va dir aixecant-se de nou–, anirem a la biblioteca, que ho tinc allà...

La Hannah es va quedar intrigada pensant en el que havia dit l'avi, que «potser havia arribat el moment de desenterrar-la»... A veure si tenia alguna cosa amagada al terra del seu estudi...

Quan van entrar, l'avi Humphrey es va posar a buscar en un dels prestatges. La Hannah no havia pensat mai que era estrany que una persona que havia fet gairebé tota la seva vida de granger, tingués tants llibres. De fet, era un gran lector. Devia ser influència de la Potter.

–Hauries d'haver vist –comentava en Humphrey– la biblioteca que la Helen tenia a casa seva, a Hill Top... Els llibres sempre han estat la meva passió. Per això, si a algun nen la Potter deixava entrar a casa seva, era a mi...

En Humphrey va deixar aquell prestatge i va començar a remenar per un altre.

–A on ho dec haver ficat? De vegades penso que hi ha fantasmes...

Fantasmes...

Per una estona, la Hannah se n'havia oblidat, però el comentari de l'avi va reviscolar el record d'en Leslie.

–Mira, ja ho he trobat –va dir en Humphrey donant-li una carpeta, petita i antiga–. A dins hi ha fulls de dibuixos de la Helen Beatrix i un quadern a on està escrita la història.

La Hannah va obrir la carpeta, va fullejar els dibuixos, però la seva atenció se centrà en el títol que hi havia escrit a la tapa del quadern.

–*Una història amagada* –va llegir mentre en resseguia les lletres amb el cap dels dits.

Humphrey Potter va assentir.

–És de la Helen Beatrix...

–Una obra inèdita?

–Sí...

–En el treball –es va explicar la Hannah–, tinc ressenyats quatre contes inèdits: el dels tres ratolins, el de la gata tramposa, el de la rabosa i la cigonya i el de la festa de Nadal dels conills...

–Ja..., però el que tens a les mans és una obra inèdita del tot... Abans, tu mateixa has dit que l'any que jo vaig néixer la Helen Beatrix va publicar *The Tale of Little Pig Robinson*...

–La seva última obra...

–L'última que va publicar, però no l'última que va escriure...

La Hannah va obrir la llibreta i va començar a fullejar-la.

–No és la seva lletra... –va afirmar, sorpresa.

–No, és clar, és la meva –va dir en Humphrey–. La Helen Beatrix em va demanar que l'ajudés i que escrivís el que ella em va anar dictant; es reservava la poca vista per fer els dibuixos que, pràcticament, realitzava de memòria. Jo llavors tenia uns deu o onze anys.

La Hannah va tancar la llibreta i va preguntar:

–I per què no l'has fet publicar?

–A banda que la història no està acabada, no era el seu desig publicar-la. Confio que tu també respectis la seva voluntat...

–No pateixis avi, que pots refiar-te de mi –va dir la Hannah mentre tornava a obrir la llibreta i es fixava ara en les il·lustracions, uns dibuixos fets amb llapis, inacabats i imprecisos, però en els quals quedava clar l'estil personal i inconfusible de l'autora.

–Si et deixo aquest original –va continuar dient l'avi Humphrey–, és perquè t'ajudarà més a entendre la Helen Beatrix. Ella va escriure aquesta història per una necessitat personal...

La Hannah ja no va poder sentir les últimes paraules.

Un corrent gelat semblant a un corrent elèctric, la va deixar paralitzada.

No podia apartar els ulls d'una de les il·lustracions.

Malgrat que només era un esbós, la Hannah no tenia cap dubte que era el fidel retrat del seu fantasma, de Leslie.

Què?
Què acabo de veure?
Per tots els espectres!
Què hi faig dibuixada en aquesta llibreta?
Perquè... Sóc jo, oi?
Potser només és una casual semblança...
No.
No ho crec.
Que quedi ben clar però, que aquesta vegada
no ha estat cosa meva,
perquè no tenia cap intenció de personificar-me així.
No entenc què passa.
Si us plau, éssers corporis, ajudeu-me!

SEGONA PART

6. POTTER, Helen Beatrix

La Hannah tornava en metro cap a casa. Li hauria agradat fer-ho caminant, travessar Hyde Park tranquil·lament amb la intenció de reflexionar i endreçar els pensaments, però s'havia fet tard i no volia guanyar-se un esbronc dels pares.

Li ho havia explicat tot, a l'avi: la festa de la Susan, la sorprenent fotografia... Li va dir també que, de totes les que havia fet la seva amiga, només hi sortia ella, amb un fantasma... En Humphrey Potter la va escoltar amb atenció. Li calia veure la fotografia per poder opinar millor, però per tot el que li explicava, assegurà que tenia totes les traces de ser un espectre.

«Algú et demana ajuda, Hannah...», li va dir.

Aquelles paraules encara ressonaven amb força dins del seu cap. No li va agradar sentir-les, li feien por. Per què a ella, precisament?

L'avi li va recomanar que no ho anés explicant, que la gent acostumava a riure's d'aquells fenòmens.

«Les persones, de vegades, temem allò que no coneixem», va afegir.

La Hannah hi estava totalment d'acord, per això procurava conduir aquell tema amb molta discreció i els demanava a la Susan i a en Harold que fessin el mateix.

Van quedar amb l'avi que l'endemà li ensenyaria la fotografia d'en Leslie. Ell va riure en saber que ja li havien posat nom. Com que en Humphrey no tenia ordinador, la Hannah li portaria la fotografia impresa en paper. L'avi es va oferir a ser ell qui es desplacés, però la seva néta li va dir que no, que fàcilment en Harry hi seria pel mig i més ara que s'havia lesionat.

La Hannah no va saber com interpretar del tot el somrís murri que l'avi va fer. O sí, perquè semblava que tot el que feia en Harry li feia gràcia.

Havia decidit que no miraria *Una història amagada* fins que arribés a casa i es pogués tancar a la seva habitació. Aleshores ho faria amb calma, observant-ne tots els detalls ja que quan l'avi la hi havia donat, només havia tingut temps de fullejar-la. Però no es va poder resistir de tornar-la a mirar quan el metro es va aturar per culpa d'una petita incidència. Van avisar per megafonia que en pocs minuts es reprendria la marxa. Mentrestant, va agafar el quadern de la carpeta que duia a la bossa.

Costava de llegir perquè la lletra era una mica maldestra. És clar, va pensar la Hannah, era la lletra d'un nen de deu anys.

No va poder llegir gaire, perquè el metro es posà en marxa ben aviat, però en va tenir prou per veure de què anava.

Es va sorprendre.

No esperava trobar-se amb una història romàntica, molt trista, de dos enamorats que passaven mitja vida intentant estar junts...

Va pensar que ja continuaria després i de nou va desar la llibreta mentre rumiava que aquella història no concordava gens amb les que la Helen Beatrix Potter tenia publicades. Aquell no era el seu estil.

El que la desconcertava més era el dibuix d'en Leslie... Hauria de dir «la» Leslie, perquè en el dibuix es veia millor que era una nena. Hi contribuïa el cistellet que duia a les mans. A l'avi també li ho havia semblat.

Quan va arribar a casa es va afanyar a deixar de seguida la bossa a la seva habitació.

–No t'entretinguis, Hannah, que soparem de seguida –va avisar la seva mare.

Hauria d'esperar a llegir *Una història amagada* més tard.

Se sentia nerviosa i atabalada i la seva mare ho va copsar mentre sopaven.

–Estàs molt callada, Hannah... –va comentar la mare.

–Tinc mal de cap...

En Harry va mirar fixament la seva germana mentre es bufava el serrell.

A la Hannah li va semblar que el seu germà petit l'observava més inquisitivament que mai, però ho va deixar estar pensant que eren manies.

En Harold no hi era i això era una contrarietat perquè la Hannah hi volia parlar.

–És a casa de l'Edward... –va explicar la mare.

Això volia dir que arribaria tard, amb la qual cosa la Hannah no podria parlar amb ell. I era important que hi parlés, que veiés el dibuix del quadern. Si havia de parlar amb en Joe, calia que tingués totes les dades.

La Hannah va ajudar a recollir la cuina acompanyada d'en Harry, que l'anava vigilant. No eren imaginacions seves, realment en Harry estava pendent de tot el que feia la seva germana.

De seguida que va poder, la Hannah se'n va anar a la seva habitació, estava impacient per imprimir la fotografia. El problema era que l'única impressora que hi havia a la casa es trobava a l'habitació d'en Harold. Tant ella com en Harry podien imprimir des dels seus ordinadors ja que la impressora estava configurada perquè poguessin fer-ho d'aquesta manera, però això implicava que havia d'anar a l'habitació del seu germà per connectar-la i posteriorment recollir la fotografia. I no podia fer-ho des de l'ordinador d'en Harold, perquè no en sabia la contrasenya un cop l'hagués connectat... En qualsevol cas, havia d'anar a l'habitació d'en Harold amb el perill que comportava que en Harry la veiés.

Mentre s'engegava el seu ordinador, va anar a l'habitació del germà gran i va connectar la impressora, a la qual va posar paper fotogràfic.

L'Stinky va saltar damunt la taula bufant-li agressivament tot defensant el territori del seu amo.

La Hannah, una mica atordida per l'alè pudent de la gata, va tornar a la seva cambra i va agafar el *pen drive* de la capsa de sabatilles de ballet. Com que l'ordinador ja rutllava, hi va inserir el *pen* i va donar l'ordre per imprimir procurant d'anar tot seguit a l'altra habitació. Ho va fer carregada amb una carpeta, papers i llibres de la Potter; calia dissimular si algú entrava. I no calia esforçar-se gaire per esbrinar qui seria aquest algú: el bufador de serrells.

«Merda!», va mussitar entre dents: s'havia acabat la tinta de color.

Allò era un dissortat contratemps. De cop, es va sentir tota amarada de suor.

Sort que ella en tenia, de tinta. Procurava tenir cartutxos de recanvi, perquè dels seus germans no se'n podia refiar i l'acabaven quan més falta li feia.

Es va tranquil·litzar en sentir la televisió. Començava una pel·lícula. Per fortuna, pares i germà s'havien arrepapat al sofà per veure-la.

Va començar de nou la missió d'imprimir la fotografia i procurà de no inspirar quan l'Stinky perpetrà un dels seus atacs pestilents.

Per fi. Havia costat, però ja tenia la fotografia impresa.

A la seva habitació, la va desar convenientment i es va relaxar una mica mirant a través de la finestra. Plovia a bots i barrals. Una espessa cortina d'aigua impedia veure res més que la pluja furient. Des que era petita, que a la Hannah li agradava veure aquell espectacle de la natura. I lluny d'intimidar-se amb llamps i trons, en gaudia. Era dels pocs gustos que compartia amb en Harry.

El quadern.

Va pensar en el quadern.

Aquell era un bon moment per mirar-lo amb tranquil·litat.

Aviat ho va tenir fet. *Una història amagada* començava malament i acabava d'una manera estranya. Ben pensat, el relat semblava incomplet, no era possible que acabés d'aquella manera. S'hi va fixar bé, i fins i tot, era com si hi faltessin fulls... Li ho hauria de comentar a l'avi, ell segur que recordaria com acabava la història.

Un truc a la porta la va deixondir del seient.

–Hannah?

El truc va ser seguit per l'entrada de la seva mare, que sempre trucava a la porta, però que entrava tot seguit sense esperar resposta.

–T'anirà bé prendre aquestes herbes calentes... i pren-te també un analgèsic per al mal de cap –va dir l'Alice Potter acostant-li una tassa fumejant damunt d'un plat i una pastilla al costat.

–Gràcies... –va dir mentre feia espai a la taula, procurant d'apartar el quadern a un costat, no fos que s'anés a tacar.

Sense haver trucat la porta, en part perquè ja estava oberta, en Harry va entrar dins acompanyat d'uns quants llibres.

–Què vols ara? –va dir furiosa la Hannah.

–Cal que siguis tan antipàtica? –va preguntar l'Alice.

La Hannah va inspirar fondo. La seva mare tenia raó, però no ho podia evitar. El bufador de serrells era allà palplantat amb els llibres i mirant-se-la amb careta de be degollat.

–Són llibres de la Potter... Potser ja els tens, però com que jo no els necessito... –va dir.

–Ho veus, pobret... –va comentar la mare.

El pobret d'en Harry, mentrestant, aprofitava per fer una ràpida radiografia visual a tot el que la Hannah tenia damunt la taula.

–Gràcies, Harry, me'ls miraré –va dir agafant-li els llibres, però amb un to de veu que el convidava a sortir.

–Què és això? –va preguntar en Harry agafant el quadern sense fer cas de la invitació de la germana.

–Deixa estar aquest quadern, Harry! –va protestar la Hannah, indignada.

–Quin escàndol per una llibreta! –va intervenir l'Alice–. Per què no la hi deixes veure? Mira que n'ets, de malcarada!

–Què és? –va preguntar en Harry a la vegada que bufava el serrell.

–Sí, què és? –va preguntar també la mare–. Es veu molt antiga...

La Hannah es va rendir i passà a explicar-se:

–Me l'ha deixat l'avi Humphrey per al treball. Ja sabeu que ell havia conegut la Helen Beatrix... és una obra inèdita.

Mentrestant, sabent-se protegit per la mare, en Harry la mirava amb fruïció, amb la intenció, sobretot, de fastiguejar la Hannah.

Quan va obrir el full en el qual hi havia el dibuix d'en Leslie va intentar dissimular, però a la seva germana no li va passar desapercebuda la cara esbalaïda amb què es va quedar.

La Hannah el va travessar amb la mirada, segur que havia estat tafanejant.

Li va agafar el quadern de les mans d'una revolada aprofitant que s'havia quedat garratibat.

–Au, ja l'has vist i toquetejat prou! A l'avi li sabria molt de greu que li passés res a aquesta llibreta...

–Què et penses –va rondinar en Harry fent ganyotes–, que es trencarà per mirar-la?

–No, però l'avi m'ha demanat que anés amb compte i de tu no me'n refio.

Va quedar alleujada quan en Harry i la seva mare van sortir de la cambra. Confiava que li fes efecte l'analgèsic que es va prendre tot seguit. Li feia falta de debò.

Tot i que en sortir havien tancat la porta, la Hannah hi va anar per comprovar que ho estigués, de tancada.

En tornar cap a l'escriptori va recollir del terra *The Tale of Little Pig Robinson.*

Devien ser figuracions seves, però dels llibres que tenia damunt la taula, sempre queia aquell...

Va pensar que seria millor que se n'anés a dormir. L'endemà l'esperava un dia intens.

Al matí, abans d'entrar a classe, la Hannah esperava impacient la Susan a la porta de l'escola. Gairebé era l'hora d'entrar i encara no venia. Ho va fer quan ja sonava el timbre d'entrada.

–Sí que has trigat, nena. Hem de parlar... –li va dir mentre anaven caminant cap a dins.

–Hi ha novetats? –va preguntar la Susan molt interessada.

–Sí, després t'ho explico, a l'hora del pati... –va contestar fluixet la Hannah en veure que se'ls acostava una companya.

–La Potter i els seus misteris... –va comentar amb sorneguería la companya en qüestió; era evident que no es tenien gaire simpatia.

Ni la Hannah ni la Susan van aprofitar gens les dues hores de classe que tenien abans del pati. La impaciència per parlar l'una i per escoltar l'altra impossibilitaven, encara més, l'àrdua tasca del professorat.

Els alumnes que feien l'última etapa de secundària, a l'estona de l'esbarjo, tenien permís per sortir a fora del centre. La majoria acostumava a anar a una cafeteria que hi havia gairebé al costat, però aquell matí, la Hannah i la Susan van procurar separar-se dels companys anant a una altra que quedava més lluny per evitar de trobar-se amb qualsevol que volgués petar la xerradeta amb elles.

La Hannah no deixava la motxilla ni per anar al vàter, no es podia permetre perdre el quadern.

Quan va veure el dibuix, la Susan també va quedar vivament sorpresa. La Hannah va procurar explicar-li de manera detallada, però resumida, tot el que sabia al respecte.

–M'agradaria tenir aquí la fotografia per poder-la comparar... –va comentar la Susan.

La Hannah es va quedar amb ella quan la va treure de la motxilla.

–L'he feta per al meu avi, aquesta tarda la hi portaré...

Van comparar la fotografia i el dibuix i van estar d'acord que era el mateix personatge.

–Sembla més una nena, oi? –va preguntar la Susan corroborant el que també creia la seva amiga.

–Sí, va vestida com un noi i el cabell és curt, però jo asseguraria que és una noia... Saps? La Helen Beatrix no acostumava a dibuixar persones, els seus protagonistes gairebé sempre eren animals.

–Ha sortit en algun del seus llibres, aquesta nena? –va preguntar la Susan.

La Hannah va reflexionar, era una observació encertada.

–No. Segur que no. Conec bé la seva obra i t'ho puc assegurar...

–Hem de tornar –va interrompre la Susan en veure l'hora que marcava el seu rellotge.

Les dues noies van córrer cap a l'escola i els va anar de poc que no fessin tard.

Quan va ser a classe, la Hannah va respirar alleujada tot i que encara continuava consumida per la impaciència. La causa era que abans d'anar a casa de l'avi volia anar al poliesportiu on en Harold feia entrenament de rugbi. Havia de parlar amb ell, però no sabia si l'hi trobaria.

Tanmateix, el pensament se li n'anava amb la Helen Beatrix Potter. Tot just feia quatre dies es pensava que ho sabia tot sobre l'autora. Però cada vegada estava més convençuda que la seva avantpassada era una capsa de sorpreses.

Què diuen aquestes?
I tant, que sóc una noia!
Que portés els pantalons del meu germà no vol dir res...
És la pega de ser la petita, que tot ho heretes.
Prou que m'hauria agradat estrenar un vestit.
Ja ho crec, que m'hauria agradat!
Però a casa, érem uns quants germans,
i tot s'havia de compartir.
Ah! I si portava els cabells curts era perquè feia unes
setmanes que havia tingut polls...
Amb petroli, me'ls van treure!
Feia tanta pudor com aquesta maleïda gata, l'Stinky.
Però ara això no fa al cas.
El que importa és que la Hannah es torna a ocupar de mi.

7. POTTER, Humphrey

Va anar de poc que la Hannah no parlés amb el seu germà. Aquell dimecres, en Harold havia marxat abans que acabés l'entrenament de rugbi. El va pescar de miracle a la sortida.

Només va estar amb ell un moment, el just per ensenyar-li la il·lustració del quadern, a la qual gairebé no va fer cas. Tenia pressa. En Harold no li ho va dir, però la Hannah va deduir que el devia esperar una noia i això per a ell era una prioritat.

Malgrat tot, el seu germà li va dir que havia quedat amb en Joe l'endemà i li assegurà que s'ocuparia del tema, que a ell també li interessava, però que no podia estar per ella llavors, que se li feia tard.

Va ser una conversa tan ràpida que mentre anava cap a casa de l'avi, la Hannah pensava si realment s'havia produït.

A mig camí, la pluja la va sorprendre sense paraigua. Com que al matí, quan va sortir de casa no plovia, va desestimar d'agafar-lo. Penedir-se'n ja no servia de res i es resignà a quedar xopa com una gallina.

La Hannah només patia perquè no se li mullés ni la carpeta ni la foto. Tot i que les duia dins la motxilla, va ficar aquesta sota la parca per protegir-la més. Tota embotida, va somriure de pensar que devia oferir la imatge d'una embarassada.

–Déu del cel, Hannah, t'has mullat fins al moll de l'os! –va exclamar l'avi Humphrey quan va obrir la porta i la va veure dempeus, regalimant damunt l'estora.

–Ho deixaré tot xop... –va afirmar ella dubtant de passar cap a dins.

–No t'amoïnis gens per això... –va dir l'avi afranquint el pas.

La Hannah va deixar la motxilla al terra i va estendre la parca damunt del paraigüer mentre feia uns estridents esternuts que es devien sentir des del Covent Garden.

–Crec que t'anirà bé una dutxa calenta i roba eixuta –va suggerir Humphrey Potter–. Espera't un moment que aniré a buscar-ne...

Mentrestant, la Hannah es va treure les vambes que feien aquell xip-xip característic de quan s'han inundat a consciència. Observà que al seu voltant s'havia fet un petit bassal damunt del parquet que augmentà en escórrer-se els cabells. Va anar cap a la cuina, va agafar la galleda i el pal de fregar i va recollir el mullader, inclòs el que havien fet els seus peus amb els mitjons humits.

–Au, va, deixa-ho estar i passa cap al bany abans que no t'agafi una pulmonia... Crec que això t'anirà bé... –va dir l'avi donant-li un pijama de franel·la, bata i sabatilles–. Quan surtis ficarem la roba a l'assecadora...

L'aigua calenta baixant a raig la reconfortà i al cap de poc va sortir disfressada d'avi Humphrey. Entre tots dos van ficar la roba dins l'assecadora.

A la sala d'estar una tassa d'herbes fumejant esperava la Hannah.

–Gràcies, avi –va dir mentre s'asseia damunt d'aquell

sofà taronja que la tenia fascinada i agafava la tassa amb les dues mans per escalfar-se-les.

Humphrey Potter va assentir satisfet.

Tot d'una, la Hannah es va aixecar d'una revolada per anar al rebedor on havia deixat la motxilla. De dins va agafar la carpeta i la foto, que va posar tot seguit damunt la tauleta que hi havia davant del sofà. I va obrir el quadern per la pàgina on sortia el dibuix de la Leslie perquè l'avi en pogués fer la comparació.

Humphrey Potter mirava fotografia i dibuix en silenci mentre la Hannah es mocava intentant ofegar uns esternuts.

–Dius que la fotografia es va fer a casa de la teva amiga? –va preguntar l'avi.

–Sí, la va fer ella mateixa... la Susan ha estat informant-se de si a l'edifici havia passat alguna cosa que pogués facilitar l'aparició de fantasmes...

Humphrey Potter anava fent que no amb el cap.

–Si estigués relacionat amb casa seva, hauria estat la Susan qui sortiria retratada amb...

–La Leslie –va ajudar la Hannah.

–Això, la Leslie.

–És la mateixa nena, oi?

–Sí, crec que sí.

L'avi va meditar uns segons i afegir:

–Hannah... Hauries de fer memòria, fer un repàs de tot el que vas fer aquell dia abans que la Susan et fes la fotografia.

–Per què?

–Perquè ho hem de valorar tot, que no se'ns passi res per alt...

La Hannah va pensar que en Harold li havia dit el mateix, que havien d'analitzar totes les possibilitats.

–La foto la va fer el dissabte passat a la tarda, era el dia de l'aniversari de la Susan... –va dir interrompent-se tot seguit per tornar-se a mocar–. Escolta, avi i perdona que canviï de tema, però crec que és important i no vull que se m'oblidi... Ahir, vaig mirar amb atenció el quadern i, no ho sé, però em fa l'efecte que hi falten fulls...

–Sí, tens raó, la Helen Beatrix va voler que els traguéssim...

La Hannah va posar uns ulls com unes taronges.

–I per què? Ja deia jo que la història estava incompleta! Te'n recordes què hi havia, en aquests fulls? Els tens, potser? *Una història amagada* és estranya, molt diferent de les que escrivia i...

–No t'esveris, Hannah i anem a pams... Com ja et vaig dir, jo anava escrivint el que ella em dictava. Quan va acabar *Una història amagada* va canviar totalment de registre i va continuar explicant un conte que ja havia escrit i publicat feia anys... La dona, en fer-se vella, repapiejava, i se n'anava fàcilment d'una cosa a l'altra. Quan li vaig dir que aquell conte ja existia, va voler que en tragués els fulls. Per això el quadern és més prim...

Sí, allò tenia sentit, però la Hannah pensava que no acabava d'encaixar.

–Jo em pensava –va dir decebuda– que en els fulls que en vas treure hi hauria la continuació d'*Una història amagada*, perquè... La veritat és que acaba d'una manera que sembla que no acabi...

–És cert, és una història força estranya, però les reals, de vegades també ho són. Si te l'he volgut ensenyar és perquè veiessis aquesta altra vessant, diguem-ne romàntica, de l'autora. Vaig pensar que si en feies un treball, seria una documentació més.

–Ja, però –el to de veu de la Hannah era d'estar empipada–, m'havia fet a la idea que hi hauria alguna història secreta, com em vas dir que «calia desenterrar-la»... I vaig i em trobo amb el rotllo d'un amor desgraciat...

L'avi Humphrey va somriure.

–Ja veig que sense voler he creat falses expectatives... Crec que no hem de buscar tres potes al gat. *Una història amagada*, en certa manera, és una metàfora del que va representar el seu amor per en Norman, un amor que els pares de la Helen Beatrix van escapçar prohibint-li que es casés amb ell... Vaig pensar que t'ajudaria a entendre la seva personalitat... Res més.

La Hannah rumiava el que explicava l'avi i es va acabar les herbes. Notava que ja havia entrat en calor.

–I recordes quin conte era el que et va dictar perquè l'escrivissis?

–Sí, i tant, quan has escrit alguna cosa, és molt més difícil oblidar-se'n... Era el conte d'un porquet que es deia Robinson...

The Tale of Little Pig Robinson.

La Hannah es va quedar lívida.

–T'has quedat groga, et trobes bé?

La Hannah va fer que sí amb el cap a la vegada que empassava saliva.

–És que aquest conte...

–Què passa?

–Abans m'has dit que pensés en tot el que havia fet el dia que vam fer la fotografia...

–Sí...

–És que aquell dissabte... Al matí, havia anat al mercat del llibre vell. Com que l'exemplar que tenia a casa en Harry me l'havia gargotejat quan era petit... En veure el llibre a bon preu me'l vaig comprar –va explicar amb veu tremolosa.

–Ben cert que és una casualitat, però no entenc per què et trasbalsa tant...

La Hannah va agafar la fotografia, mirant-la amb intensitat.

–És que a la tarda, quan vaig anar a casa de la Susan jo portava aquest llibre a la bossa. M'havia oblidat de deixar-lo a casa... Mira... –va dir ensenyant-li llavors la fotografia–. La Leslie apareix just al davant de la bossa...

Humphrey Potter s'havia quedat mut.

–Llàstima que no el tingui aquí, el llibre –es va lamentar la Hannah–. No en tindràs pas tu, un exemplar d'aquest conte?

–No..., segur que no –va contestar una mica atordit–, però potser tinc els fulls que la Helen en va voler treure... Deuen estar dins de la carpeta, amb els dibuixos...

–Em sembla que no, avi...

–Miraré a la biblioteca...

Humphrey Potter va estar estona buscant-los, però no els hi va trobar.

–Ho sento, els hauria d'haver desat aquí, amb el quadern, i així no s'haurien extraviat –va dir tornant a asseure's al costat de la Hannah.

Avi i néta miraven un altre cop i amb fixació el dibuix i la fotografia intentant desxifrar-ne algun significat de tot plegat.

La Hannah s'esforçava a fer memòria de totes les escenes del conte que llavors li hauria agradat tenir a les mans.

–En una edició de les seves obres completes –va dir la Hannah–, abans de cada conte hi ha una introducció de com i per què el va escriure.

–Els seus contes sovint tenien relació amb llocs reals, persones o animals que coneixia de veritat –va intervenir l'avi.

–Si ara no ho recordo malament –va continuar la Hannah–, la Helen Beatrix es va inspirar en el conte del porquet Robinson quan va anar de vacances amb la seva família a Ilfracombe, a Devon. Tenia disset anys, llavors. La llarga filera d'escales que baixaven fins al moll li va donar la idea...

–Sí, i la localitat que apareix com a Stymouth, és en realitat Sidmouth, de Devon –va dir Humphrey Potter sense apartar la vista de la fotografia. I si ho feia era per mirar el dibuix.

El xiulet que va fer l'assecadora anuncià que havia acabat el programa d'assecament.

–Me n'hauré d'anar, avi...

La Hannah es va aixecar, va agafar la roba de l'assecadora i es va vestir. Era agradable notar la roba calentona damunt la pell. Les vambes no tenien remei, l'acompanyarien a casa fent xip-xip.

–Avi, m'agradaria ensenyar-li el quadern a en Harold...

–Cap problema, emporta-te'l.

L'Hannah es va adonar que l'avi Humphrey feia mala cara, com si li acabessin de donar una mala notícia.

–Passa alguna cosa, avi?

L'home va dubtar uns moments i va contestar:

–No res, que sóc vell i la memòria em falla. Oh, com entenc la pobre Helen! Jo també repapiejo, Hannah. Tot just fa un moment, que m'ha vingut una idea al cap...

–Una idea sobre la Leslie?

–Sí... Ha estat com una llambregada que tan aviat com ha aparegut, s'ha esvaït... Però tornarà, ho sé...

Humphrey Potter es va quedar capcot, capficat, intentant recuperar la memòria sense aconseguir-ho.

–No et preocupis avi, ja ho recordaràs... –va dir mentre li feia un petó de comiat.

–Emporta't un paraigua, Hannah.

–Ara ja no plou...

–Però potser ho tornarà a fer i no vull que et tornis a remullar. Au, fes-me cas.

La Hannah se'n va anar acompanyada de les seves vambes grinyolaires que a cada pas que feia anaven traspuant aigua.

Mentre enfilava camí cap a casa anava pensant en la Leslie, la del dibuix i la de la foto, amb *The Tale of Little Pig Robinson*, amb la idea que havia tingut l'avi i que no recordava...

Necessitava parlar amb en Harold, amb la Susan... Entre tots plegats a veure si se'n sortien.

La idea de parlar amb ells l'animà. En aquell moment ja no podia fer res més, però.

Va inspirar profundament enlairant la vista cap a un cel de capvespre que escampava la nuvolada i ella va fer el mateix amb els fantasmes que l'emboiraven.

Però si és ben simple!
Per tots els espectres!
Tant anar a l'escola, tant estudiar...
Per a què?
De què els serveix?
Està claríssim, què passa.
I aquell pobre home perdent la memòria,
ja és mala sort.
El problema és que se m'acaba el temps.
No era aquesta la meva intenció,
però m'hauré de servir...
No, de la gata no,
que té molt males puces.
I no em refereixo als paràsits, sinó a la mala idea que té.
Em serviré d'en Harry. Sí.
No em queda un altre remei.

8. POTTER, Harry

En Harry estava impacient, feia estona que esperava la Hannah.

Ja sabia que vindria tard, que aquella tarda havia anat a casa de l'avi Humphrey aprofitant també que els dimecres no tenia classe de ballet.

El maleït treball de la Potter la tenia ocupada. Aquesta era la versió oficial, però en Harry sabia que la Hannah parlaria del fantasma amb l'avi.

Volia parlar amb ella com més aviat millor, però no seria fàcil. Si habitualment, comunicar-se amb la seva germana era difícil, en aquelles circumstàncies encara més.

Els esternuts estridents que va fer la Hannah van anunciar que havia arribat.

–Ja et deus haver mullat! –va rondinar la mare–. Tu i la teva mania de no agafar paraigua!

–Avui de poc m'hauria servit, perquè ha caigut un diluvi –va dit la Hannah mirant-se les vambes grinyolaires, encara xopes–, però no et preocupis que quan he anat a casa de l'avi, m'he dutxat amb aigua calenta, m'he guarnit amb un pijama seu i, mentre parlàvem, la meva roba s'eixugava dins l'assecadora.

Alice Potter va sospirar més per costum que per necessitat; en realitat no tenia res a objectar del que explicava la Hannah.

–Treu-te de seguida aquestes vambes mullades... –no es va poder resistir d'indicar l'Alice.

–Millor em tornaré a dutxar...

–Bé, però no triguis gaire que ja tinc el sopar a punt... El teu pare vindrà tard, té un sopar de feina.

Alice Potter es va adreçar cap a la cuina i de reüll, en passar pel menjador, va veure que en Harry parava taula. Es va girar per fixar-s'hi.

–Et trobes bé, Harry? –va preguntar.

–I tant, per què?

–Per què has parat taula sense que t'ho hagi de dir...

–Un dia és un dia... Potser no torna a passar.

Alice Potter va sospirar de nou i aquesta vegada amb raó.

La Hannah no va trigar a sortir del bany embolicada amb un barnús. Se sentia molt cansada. Tal com havia imaginat havia estat un dia intens.

–Hannah! –va cridar l'Alice–. El sopar ja és a taula.

–Em poso el pijama i ja vinc!

–Després reculls tu la cuina, que en Harry ha parat taula –va afegir la mare.

La Hannah va pensar que què devia buscar en Harry mostrant-se tan sol·lícit.

Només eren tres a sopar, ja que en Harold tampoc no hi era. La versió oficial era que s'havia quedat a casa de l'Edward.

La Hannah va confirmar les seves sospites que en Harold devia estar interessat per alguna noia. Quan no volia donar explicacions ni que els pares l'atabalessin amb preguntes, en Harold deia que anava a casa de l'Edward; era la tapadora perfecta. I no seria ella qui la destapés.

Quan van acabar de sopar, mentre la Hannah recollia la cuina, en Harry s'anava preparant mentalment per no irritar la seva germana quan parlés amb ella: no bufaria el serrell, no se'n riuria, no faria gracietes poca-solta...

Podria?

S'hauria d'esforçar molt.

La Hannah se'n va anar a la seva habitació. En Harry va esperar uns segons abans de trucar a la seva porta. Tampoc no volia esperar més ja que hi havia el perill que la Hannah es posés a parlar per telèfon. Tot i que no era la tieta Deborah, també podia ser la història interminable.

–Que puc passar? –va preguntar en Harry trucant a la porta amb veu amable, sense passar-se però, per no semblar pilota.

–Ara no, Harry, estic cansada...

Esperava aquella excusa, era habitual. Altres vegades deia que no es trobava bé, fins i tot ho completava dient que tenia la regla i que estava de molt mal humor.

–És important –va insistir en Harry.

–Demà, si us plau...

Aquesta resposta també era habitual. En Harry va pensar que ni que cridés que s'estava en perill de mort correria en el seu auxili. La Hannah pensaria que feia comèdia i en conseqüència passaria d'ell. No li ho podia retreure perquè més d'una vegada n'havia fet, de comèdia. «Et passarà com al conte del llop», li deia ella sovint. Però ara no es tractava del conte del llop, precisament. No li quedava més remei que fer servir una tàctica directa, i va dir:

–*The Tale of Little Pig Robinson*...

Va esperar una reacció a l'altra banda...

Silenci...

Més silenci...

Una cadira que es movia...

Unes passes que s'acostaven...

La Hannah que entreobria la porta...

–Què has dit? –va preguntar amb cara de pocs amics.

A la Hannah la suor li anava esquena avall, va pensar que s'hauria de tornar a dutxar.

–*The Tale of Little Pig Robinson*... Aquí tenim la clau...

«Tenim.» En Harry havia dit «tenim». Era un plural perillós.

–Passa... –va dir obrint la porta perquè passés en Harry i la va tornar a tancar tot seguit.

La Hannah feia uns morros de pam.

–Harry, si es tracta d'una de les teves bromes pesades...

El xicot anava fent que no amb el cap.

–Puc ajudar, de veritat...

La Hannah el va mirar amb ulls interrogants. En Harry, ajudar? Des de quan?

–Estic al cas del tema d'en Leslie, encara que jo prefereixo dir-li Fantasfrizy; és un fantasma guillat i friki, segur.

La Hannah va fer una inspiració profunda, molt profunda, abans de parlar.

–Així que estàs al cas...

–Sí, m'he estat informant...

–Vols dir que has estat espiant, escoltant darrera les portes, remenant les meves coses...

–Sí.

La Hannah va notar com la fúria creixia dins seu.

Aquell era el Harry de tota la vida, l'autèntic.

–Però puc ser útil... He investigat... I sé coses –va dir fent-se l'interessant.

–Doncs ja t'estàs explicant... –va exigir pensant que potser pagava la pena escoltar-lo. Havia de reconèixer que en Harry era llest, molt llest. No costava res veure què era el que havia estat *investigant.*

–Tens el conte d'en Robinson? –va demanar en Harry.

–Sí... Per què el vols?

–Per ensenyar-te una cosa...

La Hannah va indicar la taula, al seu damunt hi havia el llibre.

–Puc seure? –va preguntar en Harry.

–Em sembla que ja ho has fet...

Efectivament, el xicot ja s'havia acomodat a la cadira de l'escriptori de la Hannah.

–I la llibreta? –va demanar llavors.

La Hannah la va agafar i la va posar al costat del llibre. Va prendre una altra cadira, una que tenia plegada darrera la porta, i es va asseure al costat d'en Harry. Aquest, va obrir el quadern a la pàgina on hi havia dibuixada la Leslie, deixant-la exposada damunt la taula. Tot seguit, va donar a la Hannah *The Tale of Little Pig Robinson.*

–Mira bé les il·lustracions –va demanar.

–Harry, les sé de memòria...

–Potser sí, però torna-ho a fer i fixa't atentament en el dibuix de la Fantasfrizy, millor dit, en el que l'envolta...

«Dimoni de rata sàvia!», va pensar la Hannah. Però va fer el que en Harry li demanava procurant posar-hi els cinc sentits. Aquella nit devien estar adormits, perquè ella no encertava a fer cap descobriment. Prou que hi havia estat donant voltes per entendre quina relació hi havia.

En Harry posava cara de mestre decebut, que per més que s'esmerça a transmetre coneixements als seus alumnes no ho aconsegueix.

–Et donaré una pista... A on et sembla que està la Fantasfrizy? –va dir amb condescendència tot assenyalant la il·lustració.

–Al damunt de les escales d'un carrer...

En sentir les pròpies paraules, la Hannah es va aturar. El bufador de serrells no li descobria res de nou.

–Harry, amb l'avi ja ens hem adonat que el conte del porquet Robinson i el dibuix de la Leslie estan relacionats, que aquestes escales són les d'Ilfracombe, precisament elles van inspirar aquest conte. El problema és saber què significa.

En Harry va dissimular la seva sorpresa, pensava que la seva germana no hauria arribat a aquella conclusió. La contrarietat no va poder evitar que en Harry fes una forta bufada al serrell, però es va obligar a sobreposar-se.

La Hannah li va explicar també tota la història del quadern, que l'havia escrit l'avi, que també hi havia escrit el conte del porquet, que el dia de la festa de la Hannah ella el duia al damunt, que en Harold assegurava que la fotografia no havia estat manipulada... El va posar al cas de tot.

En Harry però, tenia una altra dada a afegir:

–T'he d'explicar una cosa... Ja t'enfadaràs després, però ara escolta'm –va dir per evitar que la Hannah l'interrompés–: dilluns, quan vaig entrar a la teva habitació per saber què amagàveu tu i en Harold, l'Stinky va entrar també i ja saps que no ho acostuma a fer...

La Hannah va somriure, l'Stinky tenia una mania visceral a en Harry.

–Doncs la maleïda gata pudent, en dues ocasions, es va ficar pel mig perquè el llibre caigués al terra...

La Hannah va recordar que a ella el llibre també li havia caigut.

–... I el més curiós del cas, és que sempre quedava obert per la mateixa pàgina...

Les últimes paraules en Harry les va pronunciar amb to misteriós.

–Quina pàgina? Ho recordes? –va preguntar la Hannah intrigada.

–I tant! És aquesta... –va afirmar mostrant-la.

La Hannah la va observar amb atenció i va dir, decebuda:

–En aquesta pàgina, precisament, no hi ha cap il·lustració, només text...

–Ja! Llegeix-lo i fixa't bé en aquest paràgraf –va indicar en Harry.

La Hannah el va llegir en veu alta:

–«Robinson i el seu nou amic van baixar el llarg tram d'escales que menava al moll: els esglaons eren molt empinats i relliscosos...».

–No creus que és molta casualitat? –va preguntar en Harry.

–Sí, alguna cosa devia passar en aquestes escales... És una bona observació, Harry... De tota manera, tot plegat, no ens explica qui és aquesta nena, ni per què se m'ha aparegut...

De sobte, un truc a la porta els va sobresaltar. En girarse, van veure que la seva mare era al llindar.

–Què feu desperts encara? –va preguntar Alice Potter sorpresa de veure'ls junts.

–Estic ajudant en Harry, mare –va contestar la Hannah–, però ja acabem.

Alice Potter se'n va anar tota satisfeta pensant que, finalment, en Harry acabaria entenent-se amb els seus germans.

Qui no va estar gens satisfet va ser en Harry.

–Per què has dit que m'estàs ajudant? En tot cas, sóc jo qui t'ajuda a tu! –va exclamar empipat.

–Per fer-te enrabiar. O et penses que només en tens tu, la llicència?

La Hannah li acabava de marcar un gol, però ja arribaria el moment de contraatacar. I va reprendre el tema de l'espectre.

–No hi ha cap dubte que la Fantasfrizy ens intenta dir o demanar alguna cosa... –va dir molt enigmàtic.

–No oblidis que qui ha sortit a la fotografia amb ella sóc jo –va advertir la Hannah frenant les ganes de protagonisme del seu germà–, o sigui que si vol dir alguna cosa és a mi...

–D'acord –va afirmar conscient d'haver-ne rebut un altre, de gol–, però no li fas prou cas, o vas molt lenta... No has sentit parlar del treball en equip? Ja t'he dit abans que puc ajudar...

–Entesos –va dir la Hannah rendint-se a l'evidència–, a partir d'ara estaràs informat de tot el que anem descobrint... Però pobre de tu si tornes a tocar les meves coses sense permís.

El noi no va tenir més remei que acceptar el compromís tot i saber que li costaria molt de complir-lo. És clar que els seus germans també haurien de complir el seu.

Quan es va aixecar de la cadira, en Harry va ensopegar i *The Tale of Little Pig Robinson*, que el tenia a les mans, va caure a terra.

I de nou, es va obrir per la mateixa pàgina.

Oh, no!
M'he equivocat!
No era el llibre el que volia llençar,
jo volia tirar la carpeta.
I sí que n'és de lenta la Hannah, sí.
A veure si s'espavilen entre tots plegats,
perquè jo ja tinc ganes d'enllestir.
No és que jo tingui pressa,
posats a fer, ja no em ve d'aquí.
El problema és que no sé quant temps em queda.
Ja sé que ho he explicat,
però és que estic amoïnada.
Es veu que si no s'aclareix la veritat,
diuen,
no podré descansar en pau.
Vet aquí el meu encaparrament
a rescatar de l'oblit uns fets passats.
No.
No parlava així quan era una mortal.
Jo era una nena analfabeta.
Però aquí, hi ha fantasmes molt il·lustres.
I tot s'enganxa.

9. POTTER, Harold

La Hannah es va estranyar de veure que en Harold l'esperava a la sortida de l'escola. I aquest es va contrariar de veure que la seva germana anava acompanyada de la inevitable Susan; ho havia d'haver suposat.

–Hola, Harold... –va saludar la Susan fent-se la simpàtica i rebent com a resposta un breu moviment de cap.

–No m'has contestat el missatge... –va etzibar en Harold a la seva germana, visiblement empipat.

–Ho sento, tinc el mòbil desconnectat –va dir la Hannah comprovant-ho–... Miss Brenda ens el segresta si sona a classe...

–Però el podries deixar en silenci o connectar-lo a les estones d'esbarjo...

–No cal que m'esbronquis, que quan a tu no et va bé, tampoc no em fas cas...

La Susan seguia la conversa com si contemplés un partit de ping-pong, ara mirant a l'un, ara a l'altre.

–He estat ocupat... Hem de parlar... –va reblar en Harold una mica més conciliador.

La Hannah va saber de seguida què havia ocupat el seu germà. S'havia fixat en la xuclada que lluïa al coll, la qual cosa confirmava la pensada de l'altre dia quan va intuir que en Harold tenia pressa per trobar-se amb alguna de les seves conquestes. I que l'Edward només feia de tapadora.

–Hem de parlar, Hannah... –va repetir en Harold remarcant el nom de la seva germana perquè, en conseqüència, quedés clar que la Susan feia nosa.

–Tinc classe de ballet...

–Doncs vés-hi més tard... O per un dia fes campana... Inventa alguna cosa: digues que t'han segrestat o que una nau espacial t'ha abduït... O, simplement, que el teu germà havia de parlar amb tu...

–Si heu de parlar de la Leslie crec que jo també hi hauria de ser... –va intervenir la Susan–. Jo vaig ser qui la va descobrir primer... –va afegir, dolguda.

En Harold va fer cara de resignació, la *frizy* tenia raó.

–Hauria d'avisar en Harry... –va anunciar la Hannah.

–En Harry? –va preguntar en Harold sorprès.

En els següents minuts i tan breument com va poder, la Hannah va informar-lo de com en Harry s'havia involucrat en el tema i com ella li havia promès que no el deixarien al marge.

En Harold va rebufar, claudicant però.

–Envia-li un missatge –va dir mentre amb la mirada buscava un lloc adient per a instal·lar-se una estona–, digues-li que l'esperem al McDonald's de Praed Street.

Ràpidament, la Hannah va enviar-li un SMS.

Tots tres van anar al McDonald's i després d'haver demanat patates i Coca-Cola, es van asseure a una taula que quedava en un racó. La Hannah i la Susan observaven con en Harold connectava el seu ordinador portàtil.

–Dissimula una mica, que se't nota massa –va dir la Hannah a cau d'orella de la Susan que contemplava embadalida en Harold.

No havien passat ni deu minuts que en Harry es va presentar.

–Caram, nen, sí que t'has afanyat! –va dir sorpresa la Hannah. Praed Street quedava molt a prop de casa seva, però tot i així...

–He sortit disparat de casa així que he rebut el missatge –va dir en Harry sense poder amagar la satisfacció de formar part de la trobada.

Es va asseure al costat de la Susan i va deixar damunt la taula *The Tale of Little Pig Robinson* i la carpeta.

–Ja sé que no t'ho he demanat –va dir en Harry excusant-se davant la Hannah–, però he pensat que ens podrien fer falta...

La Hannah va decidir de no enfadar-se, només va sospirar.

La Susan va agafar el llibre i el va fullejar.

Van començar a parlar, intercanviant informació diversa, i la Hannah es va quedar molt parada quan en Harold va dir que part del que li explicaven ja ho sabia, que havia parlat amb l'avi Humphrey.

–Ahir em va trucar pel mòbil i aquest matí ens hem vist –va dir en Harold–. L'avi tenia la intenció d'anar a l'hemeroteca i m'ha demanat que l'acompanyés...

–A l'hemeroteca? –va preguntar en Harry, que no tenia ni idea de quina mena de lloc era, però que estava segur que ell no hi havia anat mai.

–Sí... L'avi volia consultar premsa antiga sobre un fet que va succeir al començament del segle xx, força anys abans que ell hagués nascut, però que en diverses ocasions havia sentit explicar als seus pares.

La Hannah va recordar llavors el que li havia comentat l'avi.

–Abans d'ahir, quan vaig anar a casa seva, intentava fer memòria sobre una idea que li havia vingut al cap, però que no aconseguia que li retornés; es devia referir a això.

La Hannah, com a protagonista directa d'aquella història de fantasmes, se sentia decebuda. Tot i que ho comprenia, perquè en Harold sabia molt millor que ella cercar informació en una hemeroteca, li sabia greu que l'avi hagués confiat també en ell.

–No m'entretindré explicant-vos tot el procés que hem seguit –va continuar explicant en Harold–, que ha estat llarg fins que no hem trobat la documentació adequada, així que aniré directe a l'assumpte. L'avi recordava que la notícia estava relacionada amb la tràgica mort d'una nena. Ens ha ajudat molt saber la data, un catorze de juliol. Si l'avi la recordava és perquè coincideix amb el dia del seu aniversari. El que no sabia segur era l'any. Dubtava entre el 1907 o el 1908...

Va fer una pausa. Tots l'escoltaven amb molta atenció.

Com que estaven distrets amb l'explicació d'en Harold, en Harry va aprofitar per xarrupar Coca-Cola de la Hannah amb una canya. Quan aquesta se'n va adonar, va propinar un bon calbot al seu germà constatant, una vegada més, que aquell nen no era de fiar.

–La notícia corresponia al catorze de juliol de 1907 –va continuar en Harold– i parlava d'una nena, la Karen Blake, que havien trobada morta a Ilfracombe, a Devon... La van trobar a les escales que menen al moll.

Els components de la taula romanien en un profund silenci escoltant en Harold amb molta atenció. El silenci va ser substituït per les exclamacions quan el noi els va mostrar a la pantalla de l'ordinador la notícia escanejada on sortia retratada la nena.

–La Fantasfrizy! –va exclamar en Harry.

–És la Leslie... –van dir la Hannah i la Susan.

–No, és la Karen Blake –va afirmar en Harold.

–Em costarà no dir-li Leslie –va intervenir la Susan.

En Harold va deixar que diguessin una mica la seva abans de continuar explicant-se.

–El cas és que la Karen Blake, vivia a Sawrey, a Lake District...

–On vivia l'avi, oi? –va preguntar en Harry.

–I a on va viure també la Helen Beatrix... –va afegir la Hannah.

–Exacte –va reblar en Harold–. Sawrey queda molt lluny d'Ilfracombe, la primera està al sud d'Escòcia i la segona a la costa sud-oest d'Anglaterra... Vam poder llegir en els diversos diaris que hem consultat, que tothom s'estranyava que una nena de Sawrey hagués aparegut a Ilfracombe, sobretot, perquè la família i coneguts, van afirmar amb rotunditat que ningú no la hi havia dut, que no entenien què hi feia allà... Cal recordar que es tractava d'una nena de set anys.

–I com va morir? –va preguntar la Susan.

–Tot feia pensar, si més no això argumentaven els rotatius, que pel cop que mostrava el cap, devia haver relliscat per les escales o algú la hi havia llençat...

–Això és el que ens deu voler dir la Fantasfrizy –va afirmar esverat en Harry.

–En tot cas, no es va poder demostrar que ningú ho hagués fet –va dir en Harold.

En Harry, per ratificar la seva idea, es va afanyar a agafar de les mans de la Susan el conte del porquet Robinson i va llegir el paràgraf que li havia cridat l'atenció sense oblidar de dir que el llibre se li havia caigut diversos cops i que sempre s'obria en aquella pàgina, que allò no podia ser per atzar.

La Hannah va corroborar el que explicava en Harry. El xicot va mencionar llavors la sospitosa intervenció de l'Stinky i en Harold va aprofitar per amenaçar els seus germans, que pobres d'ells si gosaven empipar la seva gata.

–Us he d'explicar i ensenyar una cosa... –va intervenir en Harry agafant la carpeta.

–Després, nen –va tallar Harold–, que ja has parlat prou; abans he d'acabar jo la meva explicació, que per això us he convocat.

A contracor, en Harry va callar plegant els braços damunt del pit i fent uns morros de pam.

–La notícia va commoure la regió –va continuar en Harold–, una zona tranquil·la, on pràcticament no passava res destacable. A Sawrey, tothom es va preguntar què feia la Karen a Ilfracombe. Algun dels articles consultats feien un fulletó de la notícia. Deien que la nena era filla d'uns grangers que no s'ocupaven d'ella, que la Karen era una criatura d'aquelles que es fa amb tothom i que fàcilment algú podia haver-se-la endut...

–La van segrestar? –va preguntar la Hannah.

En Harold va fer que no amb el cap.

–És una especulació més, tot i que molt improbable perquè la seva era una família pobra... El que és cert, és el que l'avi Humphrey havia sentit a explicar a la seva mare. Aquesta coneixia bé la nena, eren de la mateixa edat i sovint companyes de joc. Es veu que li encantaven els contes i els dibuixos de la Helen Beatrix i que sempre els copiava i en dibuixava pertot arreu. Sovint la renyaven per això...

–Ho veieu? –va interrompre en Harry oblidant-se que estava enfadat–. Una superfriki de la Potter, sempre pintant bestioles seves.

Després de fer una mirada de retret al seu germà, en Harold va seguir.

–També m'ha dit que la seva mare deia de la Karen que era una nena molt eixerida, però a la vegada molt innocent, s'ho creia tot... Cada aniversari de l'avi Humphrey, la nostra besàvia se'n recordava de la Karen...

El noi va fer una pausa i va continuar dirigint-se a la Hannah.

–L'avi ha afegit que quan tu li vas parlar de la Leslie, de primer no la va relacionar amb la Karen perquè ell mai no havia vist cap fotografia d'ella fins aquest matí. Ha comentat també que alguna vegada havia sentit a parlar de la Karen a la Helen Beatrix... Ah, se m'oblidava... –va dir en Harold obrint el departament de la bossa de l'ordinador–. L'avi ha trobat els fulls que la Helen Beatrix va voler treure del quadern...

Tots s'hi van abocar al damunt per veure'ls.

Era el conte del porquet Robinson en el qual sortien barrejats dibuixos de la Karen Blake.

–Sabem que la Leslie és la Karen Blake –va indicar la Hannah– i que hi ha una relació amb el conte del porquet

Robinson, però continuem sense saber per què se m'ha aparegut a mi en una fotografia.

Es van quedar uns instants en silenci fins que la Susan va dir:

–Que se t'hagi aparegut a tu, a banda que ets una mica rareta, potser té a veure amb la dedicatòria...

–Quina dedicatòria? –van preguntar tots a l'una.

–La que surt al llibre... –va afirmar la Susan agafant-lo de nou de mans d'en Harry i mostrant-la.

La Hannah l'hi va prendre i no va poder reprimir una esgarrifança en llegir-la.

A la Hannah P.
Amb agraïment per la seva amistat i companyia

–Com és que no l'hem vista abans? –va preguntar la Hannah trasbalsada.

–Perquè els primers fulls estaven una mica enganxats –va explicar la Susan–, com si alguna cosa de menjar hi hagués caigut... Fa una mica que m'he entretingut separant-los...

–Melmelada de préssec... –va afirmar en Harry olorant els fulls.

A la Hannah no li interessava el més mínim saber què havia enganxat els fulls i va agafar de nou el llibre, ara de mans d'en Harold.

–Ho comprovaré a casa, però jo diria que és la lletra de la Helen Beatrix... –va dir observant-la amb interès.

–De quin any és l'edició? –va preguntar en Harold.

–De 1930... –va contestar la Hannah–. Tot just quan va sortir publicada...

–És una primera edició, doncs... –va reblar en Harold.

–Pel que sembla –va dir la Susan–, va dedicar el llibre a una amiga...

–A una Hannah P... –va continuar la Hannah.

–Te l'ha enviat des de la tomba... –va afirmar amb veu profunda en Harry.

–Idiota! –va contestar la Hannah prou molesta ja amb aquell assumpte. No en tenia prou sortint fotografiada al costat d'un fantasma, que ara tenia un llibre amb una dedicatòria, si més no, inquietant.

–No trobeu estrany que un llibre –va remarcar la Susan– dedicat es trobi al mercat del llibre vell? No és habitual desfer-se d'un llibre dedicat i menys si hi ha escrit una dedicatòria així, tan afectuosa...

Tots van assentir el raonament de la Susan.

En Harry anava a comentar que quan la seva mare donava ordre de fer neteja general, havia de vigilar que no li llencés objectes preuats, però va optar per callar. Total, tampoc no li farien cas.

–Potser l'avi es recorda d'aquesta Hannah P... –va indicar en Harold.

Només de sentir-ho, la Hannah va trucar a l'avi tot seguit. Mentre esperava que contestés, pensava que el pare li pegaria un esbronc majúscul perquè darrerament gastava massa en trucades.

–Avi? Sóc la Hannah...

Tots seguien amb atenció la trucada, des que la Hannah informés l'avi sobre la dedicatòria, fins als monosíl·labs amb els quals va anar contestant ella després.

–Què, què t'ha dit? –van preguntar quan va penjar.

–L'avi recorda que la Helen Beatrix parlava amb afecte d'una Hannah, la néta d'una institutriu que havia tingut quan era joveneta i amb qui havia conservat sempre molt bona relació. Sempre deia que aquesta Hannah li havia fet molt de costat quan en Norman, el fill de l'editor amb qui s'havia compromès, va morir. També recorda que ell, quan era petit, coneixia la néta de la Hannah que també tenia el mateix nom... En aquell llogaret tocant a Sawrey tothom es coneixia...

–Quin embolic, amb tanta Hannah... –va comentar la Susan.

–L'avi m'ha dit que mirarà d'esbrinar alguna cosa...

Van donar la reunió per acabada a l'espera de noves notícies de l'avi Humphrey.

La Hannah se'n va anar corrents a l'acadèmia de ballet. Arribaria acabada la classe, però es podria excusar davant de Miss Pauline, a qui incomodava moltíssim que els seus alumnes faltessin a classe sense raó justificada. Ella en tenia una de bona, de raó, però Miss Pauline no entendria que havia estat ocupada amb un fantasma.

A la nit, a casa, la Hannah va tenir notícies d'en Harold pel Messenger.

Harold: Lavi ma trukat.

Hannah: xq a tu?

Harold: xq x variar tenies el mbil dsconektat.

«Merda», va pensar la Hannah, li havia passat una altra vegada.

Harold: Mha dit q ha lokalitzat la Hannah, la néta, la nena q jugava amb ell quan era petit.

Hannah: Fantàstik! :D

Harold: I el millor: ha qedat x trobar-se amb ella aqest cap de 7mana i vol q lacompanyis tu.

Hannah: :)

En Harold no va poder veure que la cara de la Hannah s'havia il·luminat.

Ja era hora!
Per fi heu descobert qui sóc.
Però encara teniu feina,
perquè tot el que va sortir publicat als diaris...
Ja se sap, els periodistes de vegades desinformen.
Que jo era entremaliada, sí,
que em ficava on no em demanaven, també.
Que era juganera, parladora, embolicaire...
Reconec que molt.
Però això no justifica
que em llencessin per les escales...
Que lleig, no?
Atrevir-se amb una nena petita!
Bé, a veure si tenim sort i aquesta Hannah
us explica el que ha d'explicar.

10. PORTER, Hannah

L'avantatge d'una localitat com Sawrey és que tothom es coneix. Això és el que va comentar l'avi Humphrey a la Hannah quan li explicava que després d'haver fet diverses trucades, finalment, va aconseguir trobar la persona que li interessava.

Ben cert que no pensaven que la localitzarien tan aviat, però la sort s'havia posat de la seva banda, facilitant-los, a més, que vivia a Londres mateix.

Tal com havien quedat, Humphrey Potter, acompanyat de la seva néta, s'adreçava a Charing Cross, a on vivia la senyora Hannah Porter.

L'avi havia recordat el nom d'aquella veïneta de Sawrey que ara ja era tan iaia com ell.

Humphrey Potter havia explicat a la Hannah que la mare de la senyora Porter havia mort de part i per aquest motiu va ser criada per la seva àvia, molt amiga de la Helen Beatrix.

–Avi... Crec que li havies d'haver dit per què veníem... –va comentar preocupada la Hannah.

–No, perquè no sé com s'ho podria prendre i ens interessa parlar amb ella, oi?

La noia va assentir amb el cap.

–D'altra banda, no li he dit cap mentida: volia parlar dels vells temps...

Van continuar caminant en silenci, i al cap de poc es van trobar al davant d'una casa unifamiliar, típicament londinenca.

L'avi Humphrey va prémer el timbre i va sonar una dringadissa alegre.

Mentre esperaven que algú obrís la porta, la Hannah va preguntar:

–No la molestarà que jo t'acompanyi?

–Ja t'he dit que no, no pateixis. Li he explicat que tinc poca vista i que no m'agrada anar sol a llocs que no conec. A més, li va agradar saber que teniu el mateix nom.

La senyora Porter els va rebre cordialment, i tal com havia previst l'avi Humphrey, va estar encantada de conèixer la Hannah.

–Tinc dos néts més, en Harold i en Harry... –explicava l'avi Humphrey.

–Harry... Harry Potter, com el personatge de la novel·la... Perdoneu, de segur que esteu cansats que us ho digui tothom –es va excusar la senyora.

Els va fer passar cap un salonet delicadament decorat. L'hora de la tarda, encara jove, vestia l'estança d'una llum càlidament daurada. La placidesa del lloc harmonitzava amb la presència tranquil·la de la seva mestressa.

–Seieu, si us plau... –va dir indicant unes butaques entapissades de vellut de color bordeus. Va sortir un moment per tornar a entrar de seguida acompanyada d'una safata. Al damunt hi lluïa una tetera i un platet amb pastes. L'hora del te, és clar.

L'avi Humphrey i la senyora Porter van parlar llarga estona de Sawrey, de les persones que coneixien, de quan eren petits, del fet que per més temps que hagués passat semblava que fos ahir...

La Hannah els escoltava amb certa inquietud perquè havia passat gairebé una hora i si no s'afanyaven la visita hauria acabat sense que haguessin encetat el tema que els interessava.

Una mirada creuada amb l'avi va fer que aquest prengués la iniciativa.

–Estimada Hannah... La meva néta et vol fer el lliurament d'una cosa que creiem que devia ser de la teva àvia... Encara que també podria ser teva.

La Hannah li va donar *The Tale of Little Pig Robinson* ensenyant-li la dedicatòria.

–Era de la meva àvia, sí, la Hannah Perkins –va dir envermellint fins l'arrel dels cabells, uns cabells argentats i abundosos–. Com és que ha anat a parar a les vostres mans?

–El vaig comprar al mercat de llibre vell que hi ha molt a prop d'aquí, a sota del pont de Waterloo.

Hannah Porter anava passant els fulls del llibre, un acte que li permetia endreçar el pensaments.

–Devia fer neteja d'andròmines i... Com podeu observar –va dir assenyalant les prestatgeries que els envoltaven–, aquesta casa és plena de llibres; en sóc una compradora compulsiva. Arriba un moment que ja no sé on posar-los. De tant en tant, en porto al mercat del llibre vell, al que tu has esmentat, Hannah... Ha estat un detall per part vostra que me'l vinguéssiu a portar, gràcies.

Cap dels seus dos interlocutors va preguntar per què s'havia desfet d'un llibre que, en principi, devia ser estimat. Si no ho van fer potser va ser pel to de veu de la senyora Porter que indicava que donava per acabada la visita.

Humphrey Potter, però, va reaccionar de seguida.

–En aquests moments, la Hannah està fent un treball sobre la Helen Beatrix Potter... T'agrairíem moltíssim que ens en poguessis explicar el que recordis. Tu la vas conèixer...

–No crec que millor que tu –va dir bruscament–. De tots els nens de llavors, ets tu qui la tractava més.

–D'acord –va dir Humphrey–, però la teva àvia era molt amiga seva, segur que devíeu parlar d'ella en més d'una ocasió...

Era evident, perquè d'altra banda no es molestava gens a dissimular-ho, que la senyora Porter se sentia molt incòmoda.

–No et volem importunar –va continuar Humphrey–, però ens ha passat una cosa que, si més no, no és gens habitual... Hannah, ensenya-li la foto, si us plau.

La noia ho va fer tot seguit.

–Karen Blake! –va exclamar la senyora Porter ofegant un crit.

–No et volem ocasionar cap trasbals –va afirmar l'avi Humphrey–, però el que ha passat els darrers dies... fa pensar que la Karen ens vol dir una cosa...

–Que la Karen... No m'agraden aquesta mena de bromes, Hump –va afirmar empipada–. Que de petit fossis un nen entremaliat i sovint jo fos víctima de les teves bestieses no et dóna permís...

Es va interrompre un moment, es va aixecar i va dir:

–Hauríeu de parlar amb un vident o un especialista en fenòmens paranormals, no amb mi. I ara, us prego que us n'aneu.

–Ja t'he dit, Hannah –va dir Humphrey–, que no et volíem molestar, només volem donar pau a un mort...

–Pau a un mort? –va repetir la senyora Porter.

–Si vagareja tant com per aparèixer al costat d'un mortal, és que no ha trobat el seu camí... Gràcies pel teu temps. Anem-nos-en, Hannah.

Avi i néta van fer un salut amb el cap i van creuar el llindar de la porta que ja els havia obert la Hannah Porter.

Fins que no van sentir el «plam» al seu darrera no van ser conscients que la conversa s'havia acabat.

–Em sap greu, avi... Per culpa meva, la teva amiga s'ha enfadat...

Humphrey Potter anava fent que no amb el cap mentre tenia cura de baixar els pocs esglaons que menaven al carrer.

Allà els esperava una altra sorpresa: en Harry venia al seu encontre.

–Que bé que us trobo! No he pogut arribar abans...

–Doncs has fet tard, perquè la senyora Porter ens acaba d'acomiadar... –va dir la Hannah encara afectada.

Avi i néta havien traspassat ja la tanca quan van sentir que la porta s'obria de nou.

–Si us plau, Hump... torneu a entrar –va demanar la senyora.

–Ha! Ho veieu? Us dono sort! –va assegurar en Harry.

L'avi va somriure i va tornar a pujar seguit pels néts.

–Lamento haver estat grossera... –va dir Hannah Porter fent-los passar cap a dins a la vegada que observava amb curiositat l'acabat d'arribar.

–És el meu nét petit, en Harry –va presentar l'avi.

–Bona tarda, senyora –va saludar el noi fent una mena de reverència–. Sóc en Harry Potter, l'autèntic. Li estic molt agraït per la seva amable rebuda.

A la senyora Porter, tot i que desconcertada, li va fer gràcia l'empenta del xicot.

–Em sap greu... –va dir ella adreçant-se llavors a en Humphrey–. Abans m'he atabalat. No sé si em correspon explicar aquesta història, no sé si la meva àvia ho aprovaria, però... Si no ho faig, no em quedaria tranquil·la. Seieu, si us plau. Aniré a fer més te...

–Quin morro que tens! –va etzibar la Hannah a en Harry quan es van quedar sols.

–Segur que us faig falta, ja saps que tu ets molt lenta...

–No discutiu –va demanar Humphrey Potter fent un senyal perquè callessin en veure que s'acostava la senyora Porter.

–És una història llarga... –va dir ella.

–No tenim pressa... –va afirmar l'avi Humphrey.

La senyora va inspirar profundament i començà el seu relat:

«Quan a l'any 1905, en Norman Warne, el promès de la Helen Beatrix, es va morir, ella va caure en una profunda tristesa. A partir de llavors, es va refugiar a Hill Top, la seva granja preferida. La meva àvia, Hannah Perkins, era veïna seva. El fet que li agradessin moltíssim les plantes i els animals –la meva àvia era una amant de la natura–, va fer que es fessin molt amigues malgrat que la Helen Beatrix tenia vint-i-dos anys més que ella. El caràcter alegre de la meva àvia va ajudar la Helen a sortir del pou en el qual havia caigut. Per aquest motiu, la Helen Beatrix va decidir donar tot el suport a la meva àvia quan aquesta va passar per un mal tràngol.»

Hannah Porter va fer una pausa en la qual aprofità per servir el te que ja havia reposat prou. En va fer un glop diminut, semblava que només per mullar-se els llavis, i va continuar:

«Era l'any 1907... La meva àvia s'havia enamorat perdudament d'en Milton Brody, un foraster, un comerciant que treballava per la zona de Lake District i acudia sovint a Sawrey per veure-la. El problema era que els meus besavis no l'acceptaven, deien d'ell que era un grimpador i un caçafortunes. D'això se'n reia la meva àvia perquè assegurava que la seva família era modesta i no comprenia les ínfules dels seus pares. El cas és que la Helen Beatrix va pensar que es repetia la història que ella havia patit amb en Norman. No volia que la meva àvia passés per tot el que havia passat ella i va decidir d'ajudar-la.»

Tots tres escoltaven atentament i en silenci procurant no fer gens de soroll quan agafaven la tassa per fer un glop de te o menjar alguna de les pastes.

–Tot això ho sé –va afirmar la senyora Porter–, perquè la meva àvia, que va conservar el cap ben clar fins que es va morir, m'ho va explicar abans de traspassar. «Necessito descarregar el cor», em va dir.

«Els esdeveniments es van precipitar quan en Milton va dir a la meva àvia que no podien continuar d'aquella manera, que se n'anava de Sawrey, que aniria cap a Birmingham i d'allà cap a Devon. I a Ilfracombe embarcaria lluny d'Anglaterra. Volia que ella l'acompanyés. L'àvia li va dir que allò no podia ser, que els seus pares només la tenien a ella, que prengués una mica més de paciència. Ell va contestar que ja no podia més.»

–Ja llavors havia d'haver-se adonat que no l'estimava prou –va remarcar la senyora Porter–, però l'àvia n'estava tant, d'en Milton, que no veia res més.

«La Helen Beatrix la va animar perquè fugís amb ell. Li va dir que no havia de patir econòmicament, que ella l'ajudaria en el que fes falta, que l'estimava molt com a amiga i desitjava que fos feliç, que tant de bo que ella hagués decidit de fer el mateix amb en Norman.

»Ben decidida, la meva àvia va anar a l'encontre d'en Milton disposada a acompanyar-lo. Per no aixecar enraonies ni sospites, es va disfressar d'home...»

–Disfressada d'home? va interrompre la Hannah.

–Una altra friki –va murmurar en Harry.

Dissimuladament, la Hannah li va donar un cop amb el peu.

–En aquells temps no era ben vist que una dona soltera viatgés sola al costat d'un home... –va aclarir la senyora.

«Els ulls encara li guspirejaven d'il·lusió a la meva àvia quan m'explicava tots els preparatius que havia fet per fugir. Amb una tristesa infinita, però, tot seguit em va confessar que llavors no havia copsat –o potser no ho va voler veure, reconeixia– la contrarietat als ulls del seu estimat quan se li va presentar a Birmingham, ni el veritable significat de les paraules que pronunciava insistint que no l'acompanyés, que ja faria per venir-la a buscar.»

–Una pregunta –va interrompre en Humphrey Potter–: ja sabia on trobar-lo, a Birmingham? És una ciutat molt gran...

–Sí, perquè allà en Milton hi tenia uns parents, la meva àvia en tenia l'adreça. No en sé o no recordo prou els detalls de com va anar, perquè el que em va quedar gravat de la seva explicació és que tots dos es van quedar molt sorpresos quan es van adonar que en la calessa en la qual s'havia desplaçat la meva àvia hi viatjava de polissó la petita Karen Blake.

«Jo també vull veure Ilfracombe!», els va dir molt eixerida.

En Harry es va mossegar la llengua, però el serrell va fer una bona volada.

–No se n'havia adonat abans, la teva àvia? –va intervenir de nou en Humphrey.

–Es veu que no... És estrany, sí, no comprenia pas com s'ho havia fet tot i que de la Karen es podia esperar qualsevol cosa perquè era un belluguet poc assenyat. No era nou que anés als carruatges d'amagat, però que se sabés, mai no havia fet una distància tan gran. Imagino que devia portar alguna cosa de menjar i quan el vehicle s'aturava per fer una pausa devia aprofitar per estirar les cames... Vés a saber.

«Si el viatge ja havia començat amb mal peu, la presència de la Karen encara ho enredava més. La meva àvia es va atabalar en pensar en la família de la nena, però aquesta li va dir que no patís, que havia avisat que s'estava a casa de la seva padrina. La Karen ja les feia, aquestes coses: apareixia i desapareixia com si res. Com que tothom del poble se l'estimava i ella es feia amb tothom... Però aquella situació era més que irregular perquè l'àvia patia pel que després pogués explicar la nena...»

–Quina excusa va donar la Hannah als seus pares? –va preguntar en Harry.

–Que s'estaria uns dies amb la Helen Beatrix, fet que era habitual. Passat un cert temps, els pensava escriure i explicar la veritat obligant-los així a acceptar en Milton.

«Durant el viatge cap a Devon, la meva àvia i en Milton es van barallar, ja que ell insistia perquè la Hannah tornés a Sawrey amb la nena, que era una irresponsabilitat tenir-la amb ells, però ella va insistir que des d'Ilfracombe ja la faria tornar. Des que l'havia trobada de polissó, li havia promès que la hi duria a canvi que ella li guardés el secret. La meva àvia ja el desvetllaria en el moment que cregués oportú. Imagino que l'àvia es devia voler assegurar d'arribar a Ilfracombe amb en Milton. Encara que no ho volgués reconèixer, no les devia tenir totes.

»La qüestió és que van arribar a Ilfracombe. Havien viatjat durant quinze hores des de Birmingham fent les mínimes aturades. La Karen estava contenta com un gínjol, en Milton treia foc pels queixals i la meva àvia feia els possibles de trobar la manera perquè la nena tornés sana i estàlvia a Sawrey. Per fer el conte curt, us diré que va pagar un passatge per a ella a la diligència que sortia a la matinada amb la intenció d'untar bé el cotxer perquè tingués cura de la Karen durant el viatge.

»L'àvia em va dir que la Karen, entusiasmada, frisava per passejar per la ciutat i conèixer els llocs a què havia anat el porquet Robinson...»

En Harry va haver de fer un esforç immens per no petar-se de riure.

–El porquet Robinson... –va interrompre la Hannah a la vegada que pessigava en Harry–. L'acció del conte se situa a Stymouth...

–Sí, però el lloc real en què es va inspirar la Helen Beatrix és Ilfracombe...

–Ja, però... el conte no va sortir publicat fins l'any 1930 i estem parlant de 1907... –va argumentar la Hannah.

–Tens raó, però la Helen feia molts anys que ja l'havia ideat i sovint l'explicava als nens. Aquest és el que agradava més a la Karen...

–Creia que a la Helen no li agradaven els nens... –va comentar sorprès en Humphrey.

–D'acord amb el que em va explicar l'àvia, des que va morir la Karen, se n'apartava... En certa manera, se'n sentia una mica responsable de la seva mort... Continuo:

«A l'hostal on en Milton havia reservat hostalatge no hi havia cap altra habitació lliure i la que tenia reservada només tenia un llit. "L'hauran de compartir tots dos", va dir l'hostaler.»

–Tots dos? I la Fant..., la nena? –va interrompre en Harry.

–Per no complicar-se la vida, l'havien amagada dins una bossa de viatge... Era tan menuda... L'àvia em va comentar amb ironia que tant que ella s'havia preocupat per passar desapercebuda, de disfressar-se, d'amagar la nena i... en aquell hostal ni tan sols se'ls van mirar. Tal vegada les coses haurien anat d'una altra manera si ho haguessin fet.

«En Milton i la Hannah van sopar al mateix hostal i ella va tenir cura de portar menjar a la Karen, que esperava a l'habitació, morruda com una mala cosa perquè volia voltar. Sobtadament, l'àvia es va sentir malament, tal vegada rendida pels tràfecs dels darrers dies i es va estirar al llit. Recordava que només ho volia fer una estona.»

La senyora Porter va estossegar una mica i va continuar:

«Era massa tard per lamentar-se, per adonar-se que s'havia adormit profundament i que el sol era ben alt. Massa tard per comprovar que la Karen no hi era i que en Milton i el seu equipatge havien desaparegut...»

–Què va passar? –van preguntar tots tres a la vegada.

«Es va vestir, un altre cop d'home, i quan anava a sortir, l'hostaler l'increpà dient-li que si pensava quedar-se una altra nit, que li havia de pagar. L'àvia, trasbalsada encara, ho va fer i quan se n'anava l'hostaler li va preguntar si s'havia assabentat de la desgràcia, de la mort d'una nena que havia estat trobada al peu de les escales del moll. Imagineu-vos com es devia sentir la meva àvia, que va sortir esperitada de l'hostal a la recerca de què havia passat.

»A Ilfracombe no es parlava d'altra cosa que de la nena morta, però l'àvia no va aconseguir assabentar-se de res més del que li havia explicat l'hostaler, perquè quan va anar a les escales del moll, el cos de la Karen ja no hi era, només hi havia policia que havia acordonat la zona protegint-la de curiosos.

»Què feia?, va pensar l'àvia. Es presentava a declarar? La història era tan estranya que no es podia agafar ni amb pinces. No la creurien. De què serviria, a més, la seva veritat? La Karen ja era morta. Tanmateix, ningú no l'havia vista, a ella, a la Hannah Perkins. Ni a la nena tampoc... Millor tornar a Sawrey.»

–I en Milton? –va preguntar la Hannah.

–L'havia abandonada. Temps després va saber que havia partit cap a Amèrica. La vergonya i la humiliació la consumien.

–Que li devia passar, a la Karen? –va reflexionar en veu alta la Hannah.

–Ara ho explico...

–Es va saber? Als diaris no en sortia cap explicació... –va comentar la Hannah.

–Els rotatius no ho podien saber, era un tema que només coneixien els meus avis, la Hannah i en Milton.

–En Milton, el teu avi? –va preguntar sorprès en Humphrey–. No ho recordo...

–Perquè l'àvia evitava de parlar-ne. I com que l'avi va morir jove...

«Al cap d'uns anys d'aquell succés, i com si no hagués passat res, en Milton va tornar a Sawrey. La meva àvia devia estar cega, sorda i com deia la Helen Beatrix, devia ser ben beneita. O potser era el caràcter captivador del meu avi. El cas és que es van casar. I l'àvia va ser molt infeliç. L'única cosa bona que en va treure va ser la meva mare. L'avi Milton va morir al cap de poc de néixer la filla. Abans de traspassar, però, en una de les freqüents baralles dels avis, ell li va abocar tota la rancúnia acumulada: que no l'havia estimada mai, que havia tornat al seu costat perquè encara que no tenien gran cosa, la petita propietat dels sogres ja morts li permetia viure sense treballar... I li va retreure que, aquella nena, la Karen, havia mort per culpa seva, que ella l'havia d'haver acompanyada a Sawrey i així no hauria passat res. Que ell no va poder evitar que caigués rodolant per les escales quan va intentar enxampar-la, que la nena l'havia sorprès parlant amb una altra dona, la dona amb la qual va fugir cap a Amèrica, la dona que estimava de veritat, però que la Karen anava a dir-li-ho a ella, a la meva àvia, i no ho podia permetre. Però això era el que pensava llavors, quan intentava evitar-li un disgust i que aquella mossa era un cas, que s'havia escapat de l'hostal per veure Ilfracombe, que no parava de dir que tenia el mapa d'una illa on volia anar... En Milton no entenia com era que no li havia fet efecte el narcòtic que havia posat en el menjar perquè totes dues dormissin com soques...»

En Harry va badar la boca per parlar, però la senyora Porter va seguir.

–Per tot el que us he explicat, comprendreu que *The Tale of Little Pig Robinson* em portés molt mals records... Vaig decidir vendre el conte al mercat del llibre vell i per casualitats del destí ha anat a petar a les teves mans...

–Vet aquí la veritable *Història amagada* –va comentar Humphrey Potter mostrant el quadern–. Potser la Helen Beatrix tenia intenció d'escriure-la quan en perdre la vista me la va dictar. S'assembla tant a la història d'en Milton i la Hannah... Però finalment se'n va desdir i va repetir el conte del porquet Robinson... Ara entenc que hi dibuixés també la Karen...

–Senyora Porter –va preguntar en Harry ensenyant-li un full de paper, vell i una mica brut, en el qual hi havia dibuixos–. És aquest, el mapa del que parlava la nena?

–Podria ser –va dir observant-lo amb atenció–, però no ho puc assegurar perquè jo no l'havia vist mai... On l'heu trobat?

–Aquí, a dins de la carpeta... –va dir en Harry–. És el que us volia ensenyar i explicar l'altre dia al McDonald's –va afegir llavors adreçant-se a la Hannah–. Aquest paper, tot i que estava desat ben desplegat dins de la carpeta, té les marques d'haver estat plegat abans... Sembla un mapa, una mena de plànol d'una illa...

–Havia vist aquest dibuix –va intervenir la Hannah–, però no m'hi havia fixat prou...

–Ja t'he dit que anaves molt lenta –va sentenciar el xicot.

A la Hannah li va fer ràbia veure com a l'avi se li escapava el somriure. «El bo d'en Harry», devia pensar.

–Si parlem del mateix i crec que sí –va dir la senyora Porter–, recordo que l'àvia em va explicar que li havia donat aquest dibuix a la Helen Beatrix...

–I... Com és que tenia el dibuix ella? La seva àvia, la Hannah Perkins, vull dir –va preguntar en Harry.

–Perquè l'àvia el va trobar a prop de les escales on la Karen havia caigut. Amb l'enrenou, ningú no devia fer cas d'un paper dibuixat.

–El devia portar a la butxaca del pitet –va argumentar en Harry indicant-ho a la fotografia que la Karen sortia amb la Hannah.

L'avi Humphrey li va tustar l'esquena donant-li el vistiplau.

–Al nostre germà Harold li havia cridat l'atenció aquest bocí de paper o del que fos que sobresortia de la butxaca... –va dir la Hannah recordant-ho.

Uns instants de silenci van planar per l'estança fins que la noia el va tornar a trencar.

–Continuo sense entendre per què se m'ha aparegut a mi...

–Perquè tu fas un treball sobre la Helen Beatrix, perquè tu vas comprar el conte... –va dir l'avi.

–Perquè ets tant friki de la Potter com la Karen –va reblar en Harry.

Humphrey Potter no va poder evitar de riure del que acabava de dir el seu nét.

La Hannah, però, es va empipar.

–No t'enfadis, ni t'ho prenguis tot tan a la valenta –va dir afectuosament l'avi–. I pren-te com un privilegi que la Karen se t'hagi aparegut a tu.

La Hannah no compartia del tot l'opinió de l'avi, però no el va contradir.

–Ens n'hem d'anar, nois –va anunciar Humphrey Potter–, hem abusat massa de l'amabilitat de la nostra amfitriona...

–De la vostra amiga –va intervenir amablement la senyora Porter–. I estic molt contenta si us he pogut ajudar en alguna cosa.

–Ens ha ajudat moltíssim –va afirmar en Harry solemnement–, li estem molt agraïts.

–Ets un fantasma, nen –va dir-li la Hannah a cau d'orella.

–Enveja, pura tinya –va mussitar en Harry.

Es van acomiadar donant reiteradament les gràcies i van quedar que mantindrien el contacte.

Quan van sortir, tot just arribar al carrer, la Hannah es va passar la mà pels cabells, alguna cosa els hi havia fregat, acaronant-la, quasi com un petó.

No va poder evitar una esgarrifança.

Estic molt contenta perquè en Harry
ha trobat el meu mapa.
Ara li estic una mica amiga,
només una mica,
perquè se'n riu de mi
i diu coses lletges de la Helen Beatrix.
I jo me l'estimava molt.
Ella m'explicava molts contes,
em feia molts dibuixos
i em va regalar un plànol.
Amb ell podré anar a l'illa de Bongó
com el porquet Robinson;
ja hi hauria anat
però aquell dolent d'en Milton
em va llençar per les escales...
No. Potser no, però em va fer ensopegar
i no em va socórrer.
Potser encara m'hauria pogut salvar.
No. La patacada va ser molt bèstia.
Però vull que quedi clar què va passar.
No vull que la gent pensi que la meva família
m'havia deixat anar soleta a Ilfracombe
tal com la senyora Dorques i la senyora Porques
van deixar anar al porquet Robinson.
Es veu que han de quedar les coses clares,
perquè pugui descansar en pau.
Però m'estic debilitant...
He hagut de fer molta força per bufar a la Hannah.
No et vull espantar, però si us plau,
ajuda'm!

EPÍLEG?

Era dissabte i feia una setmana que la Hannah i l'avi Humphrey havien parlat amb la senyora Porter. No era a l'atzar que haguessin escollit aquest dia de la setmana per reunir-se i intentar ajudar la Karen Blake. A banda que aquella tarda no tenien obligacions, calia que totes les forces fossin propícies. La nena s'havia aparegut a la Hannah en un dissabte, a la tarda també. Era un bon moment, doncs. Van rumiar de trobar-se a casa de la Susan, però van optar per la casa dels Potter aprofitant que aquella tarda els pares no hi eren.

En Joe havia estat informat convenientment i presidia la reunió formada per la Hannah, en Harold, en Harry i la Susan. I pretenien que la convidada fos la Karen Blake.

Eren cinc, un nombre perfecte, havia dit en Joe.

A la Hannah li hauria agradat que els acompanyés l'avi Humphrey, però ell havia declinat la invitació argumentant que amb ell serien sis i que aquest no era un bon nombre i que, tanmateix, creia sincerament que la seva intervenció havia acabat aquí.

En Joe els va instruir en el que hom podria anomenar un curset ràpid de fenòmens paranormals perquè estiguessin preparats. El que els amoïnava més a tots plegats era el que els va confirmar en Joe: que la Karen pertanyia al grup dels fantasmes crítics. D'acord amb la classificació del professor Tyrrell, un eminent entès en la matèria, a aquest grup hi pertanyien els espectres que havien patit un accident o alguna catàstrofe. El que passava, i això era el que no concordava amb el cas de la Karen Blake, era que en teoria el fantasma s'havia d'aparèixer al mateix lloc on havia patit l'accident, en aquest cas, a les escales del moll d'Ilfracombe. I la Karen s'havia aparegut en una fotografia feta a Londres, a moltes milles de distància.

–Jo crec que això es deu al caràcter de la nena –va comentar la Susan–, pel que heu explicat, era molt especial. Anava d'una banda a l'altra... Trobo que concorda perfectament que se'ns hagi aparegut aquí...

–No en tinc prou que se m'aparegui un fantasma –es va queixar la Hannah–, que a més, és *raret*.

–Ja t'he dit i t'he repetit que és una Fantasfrizy, aquesta nena –va intervenir en Harry.

La Hannah va fer com si no hagués sentit res i va comentar:

–El que em preocupa, però, és saber què vol, com la puc ajudar...

–Deus voler dir «podem» –va rectificar en Harry.

–Dic «puc» perquè és a mi a qui ha demanat ajuda, se m'ha aparegut a mi.

–Però bé que ens necessites, no?

–Pareu ja de discutir! –va tallar en Harold.

Quan van callar, en Joe va poder contestar la pregunta de la Hannah.

–La Karen necessita llum per poder-la trobar.

Tots van fer cara de no haver entès el que semblava un joc de paraules.

–Quan algú mor de manera sobtada, a causa d'un accident com és el cas de la Karen, sovint no és conscient que ha traspassat, necessita un temps per assabentar-se'n. Malgrat que la seva família devia sentir moltíssim la seva pèrdua, no la van ajudar, no en van saber.

–Què havien de fer? –va preguntar en Harry.

–Donar-li llum. Hi ha moltes maneres d'aportar llum a un mort: la més simple és pensar en ell amb afecte, resar o encendre-li una espelma, una forma molt simbòlica de proporcionar-li la llum que necessita... Per tot el que m'ha explicat en Harold que sortia als diaris, la família va viure la tragèdia amb immensa vergonya; la Karen els havia proporcionat disgustos fins i tot per morir-se. És fàcil deduir que devien intentar esborrar-la de la seva memòria.

–Continuo sense entendre per què se m'ha aparegut a mi –va dir la Hannah.

–Perquè tu –va respondre en Joe– comparteixes amb ella l'afecció pels contes de la Helen Beatrix, vas comprar amb il·lusió *The Tale of Little Pig Robinson,* el duies a la bossa quan la Susan et va fer la foto...

–Jo també tenia el conte –va intervenir en Harry– i en canvi a mi no se'm va aparèixer.

–Si ho hagués fet, seria per esgarrapar-te –el va renyar la Hannah–, et recordo que vas destrossar el conte. No has pogut sofrir mai les històries de la Potter.

–Perquè són una bajanada –va respondre en Harry–. A qui se l'acut, *The Tale of Little Pig Robinson*? On s'és vist, un porc vestit com una nena? Un porc que es passeja entre els humans amb un cistell, un porc que tota l'estona xiscla «Ui, ui, ui!»? Un cursi i un caguetes, aquest Robinson!

–Harry –va dir en Joe–, si vols participar en aquesta reunió, la teva actitud ha de ser positiva... Tu vols ajudar la Karen o no?

–Sí...

–Doncs oblida aquesta mena de comentaris... Si a la Karen li agradava aquest conte, respecta-ho...

–D'acord, però crec que cal ser pràctics. Més que llum, el que la Fantasfrizy vol és el seu mapa...

–Crec que l'avi Humphrey hauria de ser aquí en lloc d'en Harry –va protestar la Hannah.

–Deixa-ho estar –va intervenir en Harold.

–Si us plau, nois, no discutim –va demanar en Joe–, hem d'estar units. I Harry, si us plau, comporta't.

En Joe els va advertir que els esperits, tots els esperits, eren molt susceptibles i si la Karen s'adonava que algun d'ells s'ho prenia de broma, de segur que seria impossible establir contacte amb ella.

Recollint-se les rastes de color sorrenc en una cua, en Joe va treure una capsa de la bossa que havia portat amb ell i la va col·locar damunt la taula del menjador, obrint-la.

–Una *ouija*! –van exclamar tots a l'una. Tots excepte en Harry, que va rondinar dient que era massa típic.

–És el vehicle que ens conduirà més fàcilment a la Karen Blake –va dir en Joe amb tota naturalitat–. Ara cal que ens preparem...

Per a mi?

Preparen una *ouija* per a mi?

Apa!

Mai no hi he jugat.
Hauré d'evitar que cap altre fantasma s'hi fiqui pel mig.
N'hi ha uns quants que de seguida que oloren una *ouija*
es tornen bojos per participar-hi.
Hi ha fantasmes molt tafaners.
Els he amenaçat, però.
Si hi intervenen es recordaran de mi.
Au, va nois, que jo ja estic a punt.

Seguint les indicacions d'en Joe, van abaixar les persianes i desendollar tots els aparells electrònics i telefònics perquè res pogués fer cap mena d'interferència.

–El frigorífic també? –va preguntar alarmada la Hannah tement què diria la mare si se n'adonava.

–Crec que no caldrà –va contestar en Joe–, però tanca bé la porta de la cuina. El que ens interessa és que no hi hagi cap connexió aquí, a la sala.

L'estança només va quedar il·luminada per la claror de tres espelmes blanques que van col·locar formant un triangle damunt la taula del menjador que quedava unit a la sala d'estar.

A dins del triangle hi van posar la *ouija*.

–La taula és perfecta –va assegurar en Joe observant la seva forma circular.

Es van asseure al voltant de la taula. En Joe tenia la Hannah a la dreta. A la d'ella s'asseia en Harry seguit de la Susan, acabant amb en Harold, que tancava el cercle amb en Joe. Hi va haver corredisses perquè, d'una banda, en Harry es disputava la mà de la Susan i aquesta en volia una d'en Harold.

La Hannah hauria preferit tenir a l'altra banda el seu germà gran o la Susan, però li havia tocat el bufador de serrells. Paciència.

En Joe va inspirar fort com si volgués absorbir tot l'oxigen que hi havia a l'habitació.

–Agafem-nos per les mans –va dir– i recolzem-les damunt la taula. Sobretot, no us deixeu anar fins que jo us avisi. Cal que ens concentrem, que tots cinc només pensem en la Karen...

En Harry va pensar que hauria d'esforçar-se molt, perquè li estava agafant un atac de riure. Li feia molta gràcia, especialment, veure en Harold tan seriós. No imaginava que li anés aquella mena de rotllos. Devia seguir el joc perquè era amic d'en Joe i aquest sí que semblava creure's el que explicava. Per evitar explotar en una riallada, en Harry es va concentrar en notar el tacte de la mà de la Susan, suau com la seda. Funcionava.

–Deixem-nos portar –va continuar en Joe–, permetem que flueixi la nostra energia. Unim-la!

En dir l'última paraula tots van fer un petit bot de la cadira.

–Unim-la! –va repetir.

En Harry va observar les cares concentrades de tots. Si ell no ho feia d'una vegada el fotrien fora, va pensar. Va fer una forta bufada al serrell i tot seguit s'aplicà a seguir què feien.

–I ara digueu amb mi –va dir en Joe–: Karen Blake, som aquí per ajudar-te. Karen, si us plau, manifesta't!

Em criden!
Ai, ai, quins nervis!
Creia que estava preparada, però ara tinc por.
Sí, els fantasmes també en patim, de por.
Una colla d'amics m'han donat consells.
No tots són dolents, els espectres.
Em diuen que és la meva oportunitat,
que l'aprofiti.
Però, ja en sabré?
«Que sí, beneita!», sento com em renyen.
Tanmateix, és el que volia.
Allà vaig.
Alea iacta est.
(Crec que això ja ho havia dit en un altre moment, oi?)

A la sala es va formar una boira semblant a la que es crea en un espai reduït on hi ha uns quants fumadors. De mica en mica, la boira es va anar concentrant damunt del triangle format per les espelmes que hi havia a la taula.

Tots, Harry inclòs, seguien amb atenció l'evolució de la nebulosa que va anar dibuixant, una silueta primer, i després una figura borrosa que sens cap mena de dubte era la Karen Blake.

–Som aquí per ajudar-te, Karen –va dir en Joe amb una veu que infonia calma a la vegada que premia amb força les mans de la Hannah i en Harold perquè aquests la transmetessin als seus companys.

–Com et podem ajudar, Karen? –va seguir en Joe–. Mou les lletres de la *ouij*...

«*When it rain, rain, rain, rains.*»

La veu peculiar de Mika acabava d'interrompre en Joe. No era cap fenomen paranormal ni cap de les actuacions estel·lars de la cantant, era una tonada de mòbil.

Immediatament, l'espectre de la Karen es va esvair.

–S'ha espantat! –va exclamar la Susan.

–Ho sento, ho sento –es va excusar la Hannah, que dels nervis no encertava a desconnectar el mòbil.

–Ets única, nena! –es va queixar en Harold–. El portes connectat quan no toca!

En Harry va aprofitar l'ocasió per riure una mica i afluixar la tensió acumulada mentre en Joe indicava que no passava res, però que abans de tornar-ho a intentar que tothom s'assegurés de tenir els mòbils o qualsevol altra cosa desconnectada.

Ai, em sap greu...
Em diuen que no sigui tan poruga,
que no m'espanti,
que prou que es veu que són bona gent,
però no ho he pogut evitar.
Tornem-hi, si us plau...

Una altra vegada, i accedint a la petició d'en Joe que demanava a la Karen que es manifestés, aquesta es mostrà de nou.

–Mou les lletres de l'*ouija*, Karen, demana'ns què vols...

Tots van fixar la vista en el tauler.

Res.

La *ouija* restava muda.

–Mou les lletres, Karen, segur que pots –va insistir en Joe.

El marcador es va moure. Va anar cap a la lletra *v* i la va senyalar, però allà es va quedar, quiet.

–Continua, Karen –va animar-la el noi.

El marcador va senyalar de nou la *v* i tot seguit va anar indicant, i molt de pressa, altres lletres de la *ouija*.

–«Vull anar a l'illa de l'arbre Bongó», ha dit la Karen –va transmetre en Joe.

Ningú més havia pogut llegir la frase sencera. Com en tot, amb la *ouija* calia tenir pràctica.

A la cara dels reunits, excepte a la d'en Harry, s'hi podia llegir estupefacció. Què deia, aquella nena?

–Aquell lloc no existeix, Karen... –intentava explicar-se en Joe–. El que necessites es trobar la llum...

El marcador de la *ouija* es va posar novament en acció.

Aquesta vegada no hi va haver cap dificultat per desxifrar què havia dit la Karen. La *ouija* havia marcat un contundent «NO».

La figura borrosa de la Karen es movia. Semblava inquieta.

Un seguit de lletres accelerades van donar l'explicació. Un altre cop, va fer falta la intervenció d'en Joe per explicar què deien.

–Diu que no li interessa la llum, que ella vol anar a l'illa de l'arbre Bongó...

L'espectre de la Karen es va convulsionar vivament.

–Karen, aquest lloc no...

En Joe no havia acabat la frase encara, que el fantasma es va esvair.

No em volen ajudar,
ningú no em vol ajudar.
Fa temps que tots em diuen el mateix:
Que he de trobar la llum.
Jo no la vull, la llum!
No em servirà per jugar.
El que jo vull és anar a l'illa de l'arbre Bongó.

–Ja us ho he dit! La Fantasfrizy és d'idees fixes! –va remugar en Harry, que ja feia estona que s'aguantava les ganes de dir què pensava–. Vol anar a l'illa de l'arbre Bongó i per això necessita el plànol...

–Fem una pausa –va indicar en Joe aixecant-se–. Abans d'intentar tornar a connectar amb la Karen, pensem què fer. Obre els llums, Harold, si us plau.

En Harry no tenia aturador, continuava xerrant a tort i a dret de la fantasma tocada de l'ala.

En Harold i en Joe van anar a la cuina a prendre una cervesa.

La Susan seguia amb la mirada embadalida els moviments d'en Harold.

I la Hannah va anar a la seva habitació a buscar *The Tale of Little Pig Robinson.*

Quan va tornar al menjador va demanar a tots que paressin atenció.

–Crec que sé la manera de com la podem ajudar. En part té raó en Harry. Si l'anem contradient dient-li que l'illa de Bongó no existeix, no aconseguirem res...

–Eh! Que jo no he dit que existeixi! –va protestar empipat en Harry.

–Ja ho sé –va dir la Hannah–, però tu has entès què vol la Karen: anar a l'illa de l'arbre Bongó i aquesta illa existeix en la seva imaginació, ella hi creu fermament.

El bufador de serrells va fer una bufada antològica.

–Com ho fas? –va preguntar-li la Susan–. Que graciós...

En Harold i la Hannah van creuar mirades, només faltava que la Susan li rigués les gràcies d'aquell costum horrible.

En Harry s'havia posat vermell com un pebrot. La Susan es fixava en ell.

–Escolteu –va intervenir de nou la Hannah per evitar que la trobada anés cap a altres objectius–, he pensat que si li diem que a través de la llum arribarà a l'illa de l'arbre Bongó...

–I del mapa –va afegir en Harry deixant-lo damunt la *ouija*–, si no ha anat abans a l'illa dels nassos és perquè no tenia el mapa.

–És una idea molt encertada, nois –va assegurar en Joe–. Tots tenim el nostre paradís particular, per què no, aquesta illa?

–També he pensat –va continuar la Hannah– que quan tornem a connectar amb ella, li podem llegir el paràgraf que descriu l'illa a la vegada que li ensenyem el dibuix...

–Ja era hora! –va exclamar en Harry.

–Fet, em sembla perfecte –va assegurar en Joe–, preparem-nos de nou.

Una altra vegada?
Són pesadets, no?
Els d'aquí, m'han picat espectralment la cresta,
que a veure si faig cas d'una vegada,
que ja els agradaria a ells que algú
tingués tant d'interès a ajudar-los,
que no m'ho mereixo...
Quin mal geni que tenen!
Si jo ja els en vull fer, de cas,
són ells que no m'entenen.
Que sí, pesats,
ja ho torno a intentar.

Llums tancats, espelmes enceses, *ouija* preparada, mans agafades, ments concentrades, fantasma de nou connectat.

L'espectre de la Karen feia morros, els contemplava amb els braços encreuats a l'espera de què li dirien, tot i que ja s'ho podia imaginar.

Però no. No s'ho imaginava.

–Karen Blake –va anunciar en Joe–, aniràs a l'illa de l'arbre Bongó: aquí tens el teu mapa per poder-hi anar.

El fantasma es va eixorivir. Veia amb tota claredat el mapa que li havia regalat la Helen Beatrix. Seria veritat, el que deia aquell noi dels cabells fregallosos? La Karen va pensar que els hi farien tallar, que devia tenir polls, que a ella també els hi van tallar, els cabells...

Prou. Es va interrompre ella mateixa per fer cas de què li diria.

–Karen, sentiràs la veu de la Hannah que et parlarà de l'illa –va argumentar en Joe–, però per anar-hi has de servir-te de la llum, és el passadís a través del qual hi accediràs...

De nou, l'espectre de la Karen s'inquietà. Era una enganyifa, potser?

–L'illa de l'arbre Bongó t'espera, Karen... Si us plau, cerca la llum...

En Joe va prémer la mà de la Hannah i aquesta va començar a llegir amb veu alta, pausada i clara, un fragment del conte que tenia obert a davant mateix. Sortosament, com que l'havia llegit abans, el recordava; si no, potser li hauria estat difícil llegir-lo només amb la minsa llum de les espelmes.

«Va desembarcar en una badia resguardada a on hi havia una font d'aigua bullent que fluïa cap a la platja argentada. La riba estava coberta d'ostres. Dels arbres penjaven caramels i dolços. Hi havia batates, una espècie de patates dolces, pertot arreu, i ja estaven cuites. De l'arbre del pa creixien pastissos glassejats i pastes, així que cap porc havia de sospirar per les farinetes. I a sobre de tot s'erigia l'arbre Bongó...»

–Karen, serveix-te de la llum –va repetir en Joe–, i vés cap a l'illa de l'arbre Bongó...

En Joe els va indicar que ho repetissin tots alhora i així ho van fer una, dues, tres vegades, una més... fins que un fus de llum nítida i blanca entrà a formar part del triangle marcat per les espelmes. El fus embolcallà dolçament l'espectre de la Karen i l'absorbí, xuclant-lo vers una claror blanquíssima.

–Descansa en pau, Karen Blake –va sentenciar llavors la Hannah–, que el teu esperit trobi repòs a l'illa de l'arbre Bongó.

EPÍLEG
(ARA SÍ)

La Hannah no va poder evitar que la Susan i en Harry anessin esbombant el misteriós cas de la Fantasfrizy, tal com l'anomenava aquest últim. Com era previsible, en Harry es va adjudicar l'èxit d'haver ajudat la fantasma.

La Susan li havia assegurat a la Hannah que va portar el tema amb discreció. Ho va fer, era cert. Però passà allò, que un ho va dir a algú, aquest algú ho comentà a un altre i aquest a un de més enllà. De mica en mica es va anar creant una xarxa d'assabentats malgrat que tothom havia demanat que «sobretot, no ho expliquis a ningú».

En Harry no entenia que la seva germana estigués empipada. Gràcies a ell, havia aconseguit fer-se popular. Ara tenia més admiradors que mai; una noia que atreu els fantasmes té morbo afegit.

La Hannah s'havia enfadat molt quan pel *facebook* de molta gent va veure penjada la fotografia d'ella amb l'espectre de la Karen Blake.

Però tres mesos després ja no era el cas Fantasfrizy el que l'amoïnava...

El curs havia acabat i l'havia aprovat; Miss Brenda havia quedat encantada amb el treball que va fer sobre la Helen Beatrix Potter, pel qual va obtenir un excel·lent; feia un parell de setmanes que sortia amb un noi que li feia el pes i a qui li anaven al darrera totes les noies; tenia més amics i amigues (encara li hauria de donar la raó a en Harry)... Per tot plegat hauria d'estar contenta.

Però no, no ho estava.

No havia d'haver anat a aquella celebració. Però com podia passar d'anar a la festa de graduació?

Una altra vegada, sí.

Una altra vegada la Susan li va fer una fotografia, aquesta vegada amb la càmera de la Hannah, però.

I una altra vegada sortia acompanyada d'una cosa rara... Que dimonis cosa rara?! Un altre fantasmot estampat al seu costat.

Un fantasma estrany, aquest, perquè era un noi molt ben plantat, molt actual, com un model d'aquests que surten a les revistes i als anuncis.

Semblava que l'acompanyés a recollir el títol, somreia a la càmera i tot.

I no tenia cap dubte que era un fantasma malgrat que despistava que somrigués, això no era propi d'un espectre. Però ho era. Desdibuixat, gris, de fum...

Aquest cop no s'havia molestat a preguntar tecnicismes fotogràfics a en Harold, estava convençuda que no hi havia cap truc ni cap fotografia sobreposada, sabia perfectament què havia fet. Només va deixar un moment la càmera a la Susan perquè li fes una foto, aquella i prou; la resta les havia fet ella.

La Hannah va anar a casa de la Susan a ensenyar-li el contingut de la targeta fotogràfica.

–És guapíssim! –va exclamar la Susan quan ho veure.

–Si us plau, com pots fer broma...

La Susan es va quedar mirant la pantalla amb atenció, després es va girar mirant la Hannah als ulls i va dir:

–Saps què crec?

La Hannah va sospirar, les idees de la Susan podien ser d'allò més estrambòtiques.

–Que la Karen Blake et deu fer propaganda...

–Què?

–Que sí, que deu parlar de tu als fantasmes desvalguts i aquests cerquen el teu ajut... A aquest pas et podries especialitzar: «Hannah Potter, mèdium qualificada».

–Susan –va interrompre la Hannah–, jo de tu no riuria tant, perquè encara no ho has vist tot.

Seguint les indicacions de la Hannah, la Susan va obrir una altra carpeta. La fotografia que va aparèixer quan va clicar li va fer ofegar un crit.

A la pantalla, s'hi veia ella abillada amb un bonic i festiu vestit de color maduixa.

No anava sola malgrat que quan la Hannah va fer la fotografia, no hi havia ningú més.

Llavors sí.

Un fantasma l'acompanyava.

Un altre, sí.

Un de molt desagradable.

Jove i actual com el de la Hannah, però sec com una griva, quasi descarnat, com si acabés de sortir d'un camp de concentració o fos víctima de la més dura de les drogoaddiccions.

–I ara què? –va preguntar la Hannah–. Què em dius, d'això? Pel que sembla tu també tens aptituds...

La Susan es va quedar un moment en silenci, però tot seguit va dir:

–El que no entenc és... Per què m'ha tocat a mi el lleig?

La Hannah va pensar que en Harold l'encertava una mica quan opinava de la seva amiga. I, tal vegada, aquesta potser tenia raó per prendre's la situació de broma. Sí, era molt millor donar-li la volta.

–Saps què penso, Susan? –va dir convençuda.

–Què?

–Que potser sí, que m'hi podria especialitzar... Però necessito una sòcia. T'hi apuntes?

El somrís eixerit de la Susan va contestar que sí.

ÍNDEX